Ferdinand   Raimund

Der Alpenkönig und der Menschenfeind

Ferdinand   Raimund

Der Alpenkönig und der Menschenfeind

ISBN/EAN: 9783337351885

Hergestellt in Europa, USA, Kanada, Australien, Japan

Cover: Foto ©Andreas Hilbeck / pixelio.de

Weitere Bücher finden Sie auf **www.hansebooks.com**

Der Alpenkönig und der Menschenfeind

Ferdinand Raimund

Romantisch-komisches Original-Zauberspiel in zwei
Aufzügen

Personen:

Astragalus, der Alpenkönig
Linarius und Alpanor, Alpengeister

Herr von Rappelkopf, ein reicher Gutsbesitzer
Sophie, seine Frau
Malchen, seine Tochter dritter Ehe
Herr von Silberkern, Sophiens Bruder, Kaufmann in
Venedig
August Dorn, ein junger Maler
Lischen, Malchens Kammermädchen
Habakuk, Bedienter bei Rappelkopf
Sebastian, Kutscher in Rappelkopfs Dienst
Sabine, Köchin in Rappelkopfs Dienst

Christian Glühwurm, ein Kohlenbrenner
Marthe, sein Weib
Salchen, ihre Tochter
Hänschen, Christoph und Andres, ihre Kinder
Franzel, ein Holzhauer, Salchens Bräutigam
Christians Großmutter

Rappelkopfs verstorbene Weiber:
Victorinens Gestalt
Wallburgas Gestalt
Emerentias Gestalt

Alpengeister. Genien im Tempel der Erkenntnis.
Dienerschaft in
Rappelkopfs Hause.

Die Handlung geht auf und um Rappelkopfs Landgut vor.

Erster Aufzug

Erster Auftritt

Die Ouvertüre beginnt sanft und drückt fröhlichen Vogelsang aus, dann geht sie in fremdartiges Jagdgetön über, begleitet von Büchsenknall. Beim Aufziehen der Kurtine zeigt sich eine reizende Gegend am Fuß einer Alpe, welche sich im Hintergrunde majestätisch erhebt. Im Vordergrunde zeichnet sich in der Mitte ein Gebüsche von Alpenrosen, links ein abgebrochener Baumstamm und im Vordergrunde rechts ein hoher Fels aus.

Ein Chor von Alpengeistern, dabei Linarius, durchaus grau als Gemsenjäger gekleidet, jeder eine erlegte Gemse über den Rücken hängen, eilt von der Alpe herab und sammelt sich im Vordergrunde der Bühne.

Chor.
Stellt die Jagd ein, luftge Schützen!
Von den steilen Alpenspitzen
Steigt herab ins blumge Tal.
Zählt mit wilder Jägerfreude
Schnell die frischgefällte Beute
Hier im grünen Weidmannssaal.

Zweiter Auftritt

Astragalus, ganz grau gleich den übrigen Geistern als Alpenjäger gekleidet, ein Jagdgewehr über die Schulter.

Astragalus (im rauhen Tone).

3

Holla ho, ihr Jägersleute!
Seid genügsam in der Beute.
Laßt, ihr jagdberauschten Schergen,
Ruhn das Gemsvolk in den Bergen.
Lang gedonnert haben wir
Heut im steinigten Revier.

Linarius (erster Alpengeist).
Großer Fürst, du magst nur winken,
Und der Alpen Geister sinken
Kraftberaubet in den Staub
Wie vorm Sturmwind welkes Laub.
Keiner ist hier, der es wagt,
Fortzusetzen mehr die Jagd.
Doch es kann nichts Schönres geben,
Als auf Alpenspitzen schweben
Und den Blitz vom Rohre senden,
Der Gazelle Leben enden.
Ha! wenn aus metallnem Lauf
Krachend sich der Schuß entladet
Und die goldne Kugel drauf
In der Gemse Blut sich badet:
Das ist echte Weidmannslust,
Das erhebt des Jägers Brust.

Alle.
Das ist echte Weidmannslust!
Das erhebt des Jägers Brust!

Astragalus.
Bei des Eismeers starren Wellen,
Ihr seid wackre Jagdgesellen.
Oft soll euch die Lust entzücken,
Doch auch andre mags beglücken.
Denn was wir dem Berg entwenden,
Will ins dürftge Tal ich senden.

An Bewohner niedrer Hütten,
Die um karges Mahl oft bitten,
Teilet eure Gemsen aus.
Werft sie unsichtbar ins Haus.

Linarius.
Edel ist stets dein Beginnen,
Und wir eilen schnell von hinnen,
Um den mächtgen Herrscherwillen
Stolz zu ehren durch Erfüllen.
Laßt die Hütten uns umrauschen
Und leis dem Entzücken lauschen,
Wenn sie in der Tiere Wunden
Goldne Kugeln aufgefunden.
Dankesperlen, die sie weinen,
Wollen wir zu Kränzen einen,
Daß sie zieren dann zum Lohn
Lieblich deinen Alpenthron.

(Alle ab.)

Dritter Auftritt

Astragalus allein.

Astragalus.
Wohl soll in der Geister Walten
Lieb und Großmut mächtig schalten,
Und ihr Wesen hoher Art,
Wo sich Kraft mit Freiheit paart,
Soll, befreit von irdschem Band,
Schwingen sich an Äthers Rand.
Doch, so wies im Menschenleben
Bös und gut Gesinnte gibt,

Jener haßt und dieser liebt:
So ists auch in Geistersphären,
Daß nicht all nach oben kehren
Ihr entkörpert Schattenhaupt,
Und, des liebten Sinns beraubt,
Auch der Böse schaut nach unten,
An die finstre Macht gebunden.
Und so wird der Krieg bedinget,
Der die Welt mit Leid umschlinget,
Der die Wolken jagt durch Lüfte,
Der auf Erden baut die Grüfte,
Der den Geist gen Geist entzweiet,
Der dem Hai die Kraft verleihet,
In des Meeres Flut zu wüten,
Der dem Nordhauch schenkt die Blüten,
Der den Sturm peitscht gegen Schiffe,
Daß zerschmettern sie am Riffe,
Der die Menschen reiht in Heere,
Daß sie zu des Hasses Ehre
Über ihrer Brüder Leichen
Sich des Sieges Lorbeer reichen —
Doch ich liebe Geisterfrieden,
Bin dem Menschen gut hienieden,
Hause nicht in Bergesschlünden,
Laß in freier Luft mich finden.
Hab auf Höhen, glänzend weiß,
Auf des Gletschers kühnstem Eis,
Mein kristallnes Schloß erbaut,
Das der Sterne Antlitz schaut.
Und dort blick aus klaren Räumen
Auf der Menschheit eitles Träumen
Mitleidsvoll ich oft herab.
Doch wenn ich am Pilgerstab
Manch Verirrten wandern sehe,
Steig von meiner wolkgen Höhe

Nieder ich zum Erdenrunde,
Reich ihm schnell die Hand zum Bunde
Und leit ihn mit Freundessinn
Zum Erkenntnistempel hin. (Ab.)

Vierter Auftritt

Auf der entgegengesetzten Seite Malchen, Lischen. Erstere
im lichtblauen Sommerkleide, einen Strohhut auf dem
Haupte, läuft fröhlich voraus.

Malchen. Ach, das heiß ich gelaufen, wie pfeilschnell doch
die Liebe macht! (Sieht sich um.) Hier ist mein teures Tal.
Wie herrlich alles blüht, heut glänzt die Sonne doppelt
schön, als wäre Festtag an dem Himmel und sie des Festes
Königin. Ach, wie dank ich dir, du liebe Sonne, daß du mir
meinen August bringst. Lischen, Lischen! (Ruft in die
Kulisse.) Wo bleibst du denn? Wie ängstlich sie sich
umsieht. Was hast du denn?

Lischen (kommt ganz verwirrt und sehr geschwätzig). Aber
Sie unglückseliges Fräulein, wie können Sie sich denn heute
in diese berüchtigte, verrufene, bezauberte Gegend wagen?
Haben Sie nicht die wilde Jagd gehört? heut ist der
Alpenkönig los. Hätt ich das gewußt, Sie hätten mich nicht
mit zwanzig Pferden aus dem Haus gezogen. Aber Sie
weckten mich auf, sagten mir, ich sollte mich schnell
anziehen, Sie wollten Ihrem August entgegeneilen, der
heute von seiner Kunstreise aus Italien zurückkömmt.

Malchen. Nun, das tat ich ja. Hier erwart ich meinen
August. Sein letzter Brief nennt mir den heutgen Morgen.
Hier schieden wir in Gegenwart meiner Mutter vor drei
Jahren mit betrübtem Herzen voneinander. Du weißt, daß

mein Vater schon damals gegen unsere Liebe war, obwohl
Augusts Onkel starb und ihm einiges Vermögen hinterließ,
schlug er ihm doch meine Hand ab, geriet in den heftigsten
Zorn und warf ihm Talentlosigkeit in seiner Malerkunst vor.
August, auf das bitterste gekränkt, beschloß, nach Italien zu
reisen, um seinen Kummer zu zerstreuen und sich an den
großen Mustern zu bilden. Hier schwor er mir ewge Treue,
meine gute Mutter versprach uns ihren Beistand, doch du
weißt, wie es um meinen armen Vater steht. Hier haben wir
uns getrennt, hier gelobten wir uns wieder in die Arme zu
stürzen. Nach seinen Briefen hat er große Fortschritte in
seiner Kunst gemacht.

Lischen. Was Italien, was Kunst, was helfen mir alle Maler
von ganz Italien und Australien! In diesen Bergen haust der
Alpenkönig. Und wenn uns der erblickt, so sind wir
verloren.

Malchen.
So sei nur ruhig, es wird ja den Hals nicht kosten.

Lischen. Aber die Schönheit kanns kosten, und der Verlust
der Schönheit geht uns Mädchen an den Hals. Und wie
innig ist die Schönheit mit dem Hals verbunden, wer halst
uns denn, wenn wir nicht schön mehr sind? Wissen Sie
denn nicht, daß jedes Mädchen, das den Alpenkönig
erblickt, in dem Augenblick um vierzig Jahre älter wird? Ja
sehen Sie mich nur an, keine Minute wird herabgehandelt.
Vierzig Jahre, und unsere jetzigen auch noch dazu, da wird
eine schöne Rechnung herauskommen. Stellen Sie sich die
Folgen einer so entsetzlichen Verwandlung vor. Was würde
ihr geliebter Maler dazu sagen, wenn er in Ihnen statt einer
blühenden Frühlingslandschaft eine ehrwürdige
Wintergegend aus der niederländischen Schule erblickte,
was würden alle meine Anbeter dazu sagen, wenn der
Anblick dieses Ungetüms meine Wangen in Falten legte wie

eine hundertjährige Pergamentrolle?

Malchen. Aber wer hat dir denn solche Märchen aufgebunden? Beinahe könnt ich selbst in Angst geraten. Es gibt gar keinen Alpenkönig.

Lischen.
Nicht? Nun gut—bald werd ich Sie wie meine Großmutter verehren.
Folgen Sie mir, oder ich laufe allein davon. (Will fort.)

Malchen. So bleib nur, mein August wird bald hier sein, die Sonne steht schon hoch, du mußt mir Toilette machen helfen, der Wind hat meine Locken ganz zerrüttet. Du hast doch den kleinen Spiegel mitgenommen, wie ich dir befahl?

Lischen.
Ei freilich, ach, hätt ich lieber meine Angst vergessen!

Malchen. So. (Setzt sich auf den Baumstamm und öffnet ihre Locken. Lischen steht mit dem Spiegel vor ihr.) Halt ihn nur! Weißt du, Lischen, ich muß mich doch ein wenig zusammenputzen, er kömmt aus Italien, und die Frauenzimmer sollen dort sehr schön sein.

Lischen.
Hahaha, warum nicht gar! Ich kenne in der Welt nur ein schönes
Frauenzimmer. Sie werden mich verstehen, Fräulein.

Malchen (nimmt es auf sich).
Du bist zu galant, Lischen, das verdien ich nicht.

Lischen (beiseite). Die glaubt, ich mein sie, wie man nur so eitel sein kann—und ich meine mich.

Malchen. So, Lischen, jetzt sind die Locken alle offen—jetzt halt nur gut, der Alpenkönig tut uns nichts.

Lischen.
Ach ums Himmels willen, nennen Sie doch den
abscheulichen
Alpenfürsten nicht—(erschrickt) es rauscht ja etwas im
Gebüsche,
Himmel, ich laß den Spiegel fallen. (Ein Auerhahn fliegt aus
dem
Gebüsche auf. Sie schreit.) Ach der Alpenkönig! (Läuft mit
dem
Spiegel fort.)

Malchen (nachrufend). Lischen, Lischen, was schreiest du
denn, es ist ja nur ein Vogel. Ach du lieber Himmel, sie hat
ja den Spiegel mitgenommen, die läuft ganz sicher nach
Hause. Lischen, so höre doch! Entsetzlich, meine Locken,
wenn jetzt August kömmt und mich so erblickt. Das
überleb ich nicht. Ach du lieber Himmel, wie hätt ich mir
das vorstellen können, das ist doch das größte Unglück, das
einem Menschen begegnen kann. (Besinnt sich.) Aber pfui,
Malchen, was ist das für eine Eitelkeit, August wird dich
doch nicht deiner Locken wegen lieben? (Ärgerlich.) Aber
die Locken tragen dazu bei, wenn die Männer nun einmal
so sind, was kann denn ich dafür? Und warum heißen sie
denn Locken, wenn sie nicht bestimmt wären, die Männer
anzulocken? (Sieht in die Szene.) Ach, dort eilt er schon den
Hügel herauf. O welche Freude (hüpft), welche Freude!
(Plötzlich stille.) Wenn nur die fatalen Locken nicht wären!
Ich will mich hinter den Rosenbusch verstecken, vielleicht
bring ich sie doch ein wenig zurechte. (Verbirgt sich hinter
das Rosengebüsche.)

Fünfter Auftritt

10

August im einfachen Reiseanzug, eine Mappe unter dem
Arme.

August.
Von dem meerumwogten Strande,
Aus dem wunderholden Lande,
Wo die goldnen Ährenfelder
Wechseln mit Orangenwälder,
Wo die stolzen Apenninen
Über alte Größe sinnen,
Wo die Kunst mit Geisteswaffen
Das Vollendetste erschaffen,
Wo die ungeheuren Reste
Der zerfallenen Paläste
An die Kraft der Zeit uns mahnen
Und wir bebend Hohes ahnen:
Aus dem Tempel der Natur
Kehr ich heim zur stillen Flur.
Denn im biedern Vaterlande
Ketten mich die teuern Bande
Zarter Liebe, fester Treue,
Und der Riesenbilder Reihe,
Die wie Träume mich umwehen,
Schließt ein frohes Wiedersehen.

Seid mir gegrüßt, ihr heimatlichen Berge! O Erinnerung,
wie nah trittst du an mich und reichst mir einen schönen
Kranz, geflochten aus vergangnen Freuden. Und doch muß
ich bei all dem Schönen hier das Schönste noch vermissen,
bei all dem Lieben fehlt mein Liebstes mir. Wo bist du, teures
Malchen? Warum erwartest du mich nicht? Sollte sie meinen
Brief nicht empfangen haben? Ist sie krank? Vielleicht kann
sie so früh vom Haus nicht fort. Sie kömmt gewiß. Ich will
indes die Gegend zeichnen hier, die sie so liebt, und zum
Geschenk ihrs bieten, wenn sie naht. (Er setzt sich auf den

Baumstamm und zeichnet.) Wie herrlich dort die Alpe glänzt im Sonnenstrahl, die heitre Luft, und hier—der dunkle Fels, der üppge Rosenstrauch—nur eins gefällt mir nicht, die bleichen Rosen machen sich nicht gut, ich wüßte schönere, die auf ihren Wangen blühn. Wär nur Malchen hier, sie sagte mir gewiß, was ich für Farben wählen soll.

Malchen (öffnet mit beiden Händen den Rosenstrauch und blickt
liebevoll hervor, so daß sie mit halbem Leibe sichtbar ist und sagt zärtlich).
Laß sie blau sein wie Beständigkeit.

August (höchst entzückt).
Amalie!

(Sie stürzen sich in die Arme.)

Malchen.
August, lieber August!

Astragalus (erscheint auf dem Fels im Vordergrunde und ruft). Heisa he! da gehts ja lustig zu im Alpentale. (Er stützt sich auf sein Gewehr und behorcht das folgende Gespräch.)

August.
Liebes, schönes, gutes Malchen—(plötzlich scherzhaft) böses Malchen, warum hast du mich auch nur einen Augenblick geneckt?

Malchen.
Sei nicht böse, lieber August!

August.
Dafür räch ich mich durch diesen Kuß. (Küßt sie.)

Malchen.

O du rachsüchtiger Mensch!

August (sanft).
Bist du ungehalten darüber?

Malchen (unschuldig). Gott bewahre, räche dich nur. Böse Leute sagen, die Rache sei süß, und auf diese Weise möcht ich es beinahe glauben.

August. Gutes Malchen! Wie glücklich fühl ich mich, dich wieder zu sehen, nichts soll uns trennen als der Tod

Malchen. Und mein Vater, August, der ist noch weit über den Tod. Wenn der gute Vater nur nicht gar so böse auf mich wäre!

August. Sorge nicht, Malchen, wenn er die Fortschritte meiner Kunst erfahren wird, wenn er sich von der Beständigkeit meiner Liebe überzeugt, so kann uns seine Einwilligung nicht entgehen. Ich will noch heute zu ihm.

Malchen.
Ach, das ist vergebens. Mein Vater spricht niemand außer seiner
Familie, nur selten die Dienerschaft. Er ist zum Menschenfeind
geworden.

August.
Unmöglich, und du rühmtest mir sein Herz, seine Rechtlichkeit.

Malchen. Er besitzt beides. Doch du weißt, daß mein Vater, als er in der Stadt noch den ausgebreiteten Buchhandel hatte, um große Summen betrogen wurde, die er aus Gutmütigkeit an falsche Freunde verlieh. Undank und Niederträchtigkeit brachten ihn zu dem Entschluß, seinen

Buchhandel aufzugeben, die Stadt zu fliehen und sich auf seinem gegenwärtigen Landsitz vor der Zudringlichkeit ähnlicher Menschen zu verbergen. Hier liest er nun unaufhörlich philosophische Bücher, die ihm den Kopf verrücken. Sein Mißtrauen hat keine Grenzen. Er hat die unglückliche Weise, gegen jeden Menschen so aufzufahren, daß er die gleichgültigsten Dinge mit einer Art von Wut verlangt. Niemand, selbst die Mutter, kann um ihn weilen. Alles flieht und fürchtet ihn, und darum hat er jeden im Verdacht der Untreue und gönnt doch keinem eine Verteidigung. Sein Menschenhaß steigt mit jedem Tage, und wir fürchten für sein Leben. Wie gerne würden wir alles dafür tun, ihn von unserer Liebe zu überzeugen; doch, wer lehrt ihn den Fehler seiner unbilligen Heftigkeit einsehen und ablegen, womit er sich alles zum Feinde macht und sich der Mittel beraubt, die Menschen aus einem bessern Gesichtspunkte zu betrachten. Deinen Namen dürfen wir gar nicht aussprechen, er weiß, daß meine Mutter unsre Liebe billiget, und haßt sie darum bis in den Tod.

August.
O grausames Schicksal, warum vernichtest du all meine glücklichen
Träume wieder? Also kann ich dich nie besitzen, Malchen?

Malchen. Wenn ich nur ein Mittel wüßte, dich zu erringen! Wär ich frei wie jener Vogel, der sich so fröhlich in der blauen Luft dort wiegt, ich zöge mit dir durch die ganze Welt. Glückliches beneidenswertes Tier! Wer darf dir deine Freiheit rauben? (Astragalus schießt den Vogel aus der Luft. Man sieht ihn aber nicht fallen. Malchen erschrickt.) Ha!

Astragalus (immer im rauhen Tone).
Des Schützen Blei, weil du die Frage stellst.

Malchen (blickt hinauf). O August, sieh!

14

August.
Wer bist du, grauer Wundermann?

Astragalus.
Den Alpenkönig nennt man mich.

Malchen.
Der Alpenkönig! wehe mir! (Sinkt ohnmächtig in Augusts
Arme.)

August.
Was ist dir, Malchen? Hülfe, Hülfe, steht ihr bei!

Astragalus (lachend). Da müssen Steine sich erbarmen
selbst. Hab Mitleid, Fels, und öffne schnell dein Herz! (Er
stoßt mit dem Kolben des Gewehrs an den Fels. Der Fels
öffnet sich, man sieht einen kleinen Wasserfall, der über
Rosen sprudelt, an dem zwei Genien lauschen, sie fangen
mit goldnen Muscheln Wasser aus der Quelle und
besprengen Malchen damit.) Erwache, Törin, die sich Flügel
wünscht und so die Erde höhnt!

August.
Sie schlägt das Auge auf. Wie ist dir, Malchen?

Malchen. Ach, wie kann mir sein! Ich habe den Alpenkönig
erblickt. Jetzt bin ich gewiß um vierzig Jahre älter
geworden. Erkennst du mich noch, August?

August.
Bist du von Sinnen? Was hast du denn?

Malchen. Ach, Falten habe ich, lieber August, viele tausend
Falten. Ich muß entsetzlich aussehen. Sieh mich nur nicht
an!

August.

15

Was fällt dir ein! Du bist so schön, als du es immer warst.

Malchen.
Schön wär ich? Gewiß? Und hätte keine Falte, keine einzige?

August.
Gewiß nicht.

Malchen. Ach du lieber Himmel, wie danke ich dir! Nein, eine solche Angst hab ich in meinem Leben noch nicht ausgestanden!

August.
Was war dir denn?

Malchen. Nun, Lischen sagte mir, ein Mädchen, das den Alpenkönig sieht, würd um vierzig Jahre älter.

Astragalus (tritt vor).
So sagte sie?

Malchen.
Ach! da ist er schon wieder! (Verhüllt das Gesicht.)

Astragalus.
Seid ohne Furcht und horcht, was Alpenkönig spricht.
Schon zweimal sah ich eurer Herzen Brand
Wie Morgenrot auf Lilienschnee erglühen
Und Tränen, edler Sehnsucht nur verwandt,
Leidkündend über eure Wangen ziehen.
Und weil mich dies so inniglich erfreut,
Daß ihr so seltsam treu noch denket,
Hab ich euch meine Fürstengunst geweiht
Und eure Lieb mit meinem Schutz beschenket.
(Zu Malchen.)
Ich weiß um deines Vaters Menschenhaß,
Hab ihn belauscht, wenn er den Wald durchrannte

16

Mit Ebersgrimm, auf Bergesgipfel saß
Und seinen Fluch nach allen Winden sandte.
Doch laßt darum den treuen Mut nicht sinken.
Erkennen wird mit seinem Wahnsinn rechten.
Die Sterne werden bald zur Brautnacht winken,
(zu Malchen)
Und Alpenkönig wird den Kranz dir flechten. (Ab.)

Sechster Auftritt

August. Malchen.

Malchen. Hast dus gehört, August, ists ein Traum, wir sollen glücklich werden?

August. Wir wollen seinem Worte glauben. Und obwohl ich seine Existenz für ein Märchen hielt, muß ich sie für wahr erkennen, wenn ich nicht ungerecht gegen meine Sinne handeln will.

Malchen. Komm, wir wollen meiner Mutter alles erzählen, ich werde schon sehen, daß du mit ihr sprechen kannst. Laß uns vertrauen auf den Alpenkönig. Er scheint nicht bös zu sein, ich hab ihm auch dreist ins Auge geblickt, und es hat mir nichts geschadet, nicht wahr, lieber August? Ich bin um gar nichts älter geworden?

August.
Nein, liebes Malchen. Seit ich dich wiedersehe, kaum um eine
Stunde.

Malchen.
Um eine Stunde nur? (Ihm sanft ins Auge blickend.) Nun, eine

Stunde kann ich schon verschmerzen und es war eine glückliche,
denn ich habe sie mit dir verlebt.

August.
O gutes Malchen, wie beglückst du mich!

(Beide Arm in Arm ab.)

Siebenter Auftritt

Verwandlung
Zimmer auf Rappelkopfs Landgut.

Sophie. Sabine. Der Kutscher. Die sämtliche Dienerschaft.

Chor.
Euer Gnaden sind so gütig,
Doch wir haltens nimmer aus.
Unser Herr ist gar zu wütig,
Und das treibt uns aus dem Haus.
Niemand kann bei ihm bestehn,
Und wir wollen alle gehn.

Sopie.
Seid nur ruhig, liebe Leute, verseht euren Dienst, nur kurze Zeit
noch, es wird sich vielleicht bald alles ändern. Geht an eure
Pflicht! Wenn mein Mann herüberkäme, ich bin in
Todesangst.

Kutscher. Ei, was nutzt denn das, Euer Gnaden, er solls
wissen, wir könnens nicht mehr länger aushalten mit ihm,
wir tun unser Schuldigkeit, und er kann uns nicht leiden.

Sopie. Es wird sich alles ändern, ich habe an meinen Bruder nach Venedig geschrieben, ihm meines Mannes Seelenkrankheit und ihre üblen Folgen vorgestellt, er wird vielleicht noch heute ankommen, um alles zu versuchen, seinen Menschenhaß zu heilen—oder mich von meinem armen Mann zu trennen.

Kutscher. Na, das ist die höchste Zeit, Euer Gnaden schauen sich ja gar nimmer gleich. Drei Weiber hat er schon umbrachte er ist ja ein völliger blauer Bart.

Achter Auftritt

Vorige. Habakuk.

Sopie. Diese gemeinen Äußerungen hören zu müssen! Habakuk, ist mein Mann auf seinem Zimmer? Ist Malchen schon zu Hause?

Habakuk. Der gnädige Herr ist schon wieder im Gartenzimmer, er hat sich selbst seinen Schreibtisch und seinen Stuhl hinübergetragen und geht mit sieben Ellen langen Schritten auf und ab. Ich versichere Euer Gnaden, ich war zwei Jahr in Paris, aber ein solcher Herr ist mir nicht vorgekommen.

Sabine (im schwäbischen Dialekt). Nu da habe wirs, jetzt trau ich mich nicht in den Garte hinaus, er hat den Schlüssel von der Hofgartetür abgezogen.—Ich kann nicht koche—

Sopie.
Nun so geh Sie durch das Gartenzimmer.

Sabine. Ja wer traut sich denn hinein? Wenn der Herr

drinne ist? Da geh ich ja eher zu einem Leopard in die Falle.
Er jagt ja alles hinaus. Wenn er in die Kuchel kommt, so
wärs notwendig, ich schliefet unter den Herd.

Habakuk.
Nun ja, und da sind so schon so viel Schwaben unten.

Kutscher. Mich kann er gar nicht leiden, ich muß mich
immer unters Heu verstecken.

Habakuk. Mich haßt er doch nur bis daher (zeigt den
halben Leib). Er sagt, ich wär nur ein halbeter Mensch.

Sopie.
Aber er beschenkt euch ja so oft.

Sabine. Ja aber wie? Er tut einem dabei alle Grobheiten an
und wirft einem das Geld vor die Füß.

Habakuk. Oh, da ist er noch in seinem besten Humor, aber
neulich nimmt er sein goldene Uhr, ich glaub, er macht mir
ein Präsent, derweil wirft er mir s' an den Kopf.
(Hochdeutsch.) Ja, das sind halt Berührungen, in die man
nicht gern mit seiner Herrschaft kommt, ich war zwei Jahr
in Paris, aber das hab ich nicht erlebt. Zu was brauch ich
zwei Uhren, ich hab meine Uhr im Kopf, aber am Kopf
brauch ich keine.

Sabine. Kurz, in dem Haus ist nichts zu mache, wenn man
nicht einmal in den Garten kann —

Habakuk.
Wie soll man denn da auf ein grünes Zweig kommen!

Alle.
Kurzum, wir wollen alle fort.

Sopie. Also wollt ihr eure Frau, die euch immer so

menschenfreundlich gewogen war, so plötzlich verlassen, da ihr doch seht, daß sowohl ich als meine Tochter eine gleiche Behandlung zu erdulden haben? Ich kann euch nicht fortlassen, weil zwischen heut und morgen mein Bruder ankömmt, der vieles über meinen Mann vermag. So lange müßt ihr die Launen eures Herrn noch ertragen.

Alle.
Es geht nicht, Euer Gnaden, es ist nicht zum existieren.

Sopie.
Nun, so nehmt dieses kleine Geschenk (sie gibt jedem einige Silberstücke) und stärkt eure Geduld damit, vielleicht geht es
doch.

Alle.
Ach! Wir küssen die Hand, Euer Gnaden.

Kutscher.
Wir werden halt sehen, ob wir auskommen können mit ihm.

Habakuk. Solang wir mit dem Geld auskommen, kommen wir schon mit ihm auch aus.

Sabine.
Und wisse Euer Gnade, er wär nicht gar so übel, der gnädge Herr—

Kutscher.
Ach gar nicht—wenn er nur anders wär.

Habakuk.
Freilich, das ist der einzige Umstand.

Sopie.

Doch jetzt geht beruhigt an eure Geschäfte.

Alle.
Gleich, gnädige Frau. (Ab.)

Kutscher.
Euer Gnaden sind halt eine gscheide Frau. Ich sag immer, Euer
Gnaden sind einmal ein Kutscher gwesen, weil Euer Gnaden so gut
wissen, daß man einen Wagen schmieren muß, wann er fahren soll.
(Lacht dumm und geht ab.)

Sabine (küßt ihr die Hand).
Das ist wahr, Euer Gnaden sind eine Frau, die man in der ganzen
Welt suche darf. (Ab.)

Habakuk.
Ich versichere Euer Gnaden, ich war zwei Jahr in Paris, aber ein
Herz, wie Euer Gnaden zu haben belieben, das ist wirklich, wie
man auf französisch sagt, nouveau!

Neunter Auftritt

Lischen. Vorige.

Sopie. Nun endlich seid ihr zurück. Wo ist Malchen? Ist August angekommen? Haben sie sich getroffen?

Lischen. Von allen dem weiß ich keine Silbe, gnädige Frau, ich weiß gar nichts, als daß der Mädchen verfolgende

Alpenkönig eine Jagd gegeben hat, daß mich an dem Ort des Rendezvous eine Angst befallen hat und daß ich über Hals und Kopf zurückgelaufen bin.

Sopie.
Und Malchen?

Lischen. Wollte ihren Liebhaber erwarten und war nicht zu bewegen, mit zurückzugehen.

Sopie. Aber wie kann Sie sich unterstehen, meine Tochter allein zu lassen? Sie leichtsinnige Person, der ich mein Kind anvertraut habe! Ich muß nur gleich Leute hinaussenden. Wenn ihr ein Unglück widerführe! O Himmel, was bin ich für ein gequältes Geschöpf!

Lischen.
Aber gnädge Frau—

Sopie.
Geh Sie mir aus den Augen. (Eilig ab.)

Zehnter Auftritt

Lischen. Habakuk.

Lischen (äußerst zornig).
Nein, das ist nicht zum Aushalten, das Haus ist ja eine wahre
Folterbank. Wie man nur die Dienstleute so herabsetzen kann?

Habakuk. Es ist aber auch ein Volk. Ich bin ein Bedienter, aber wenn ich mein eigner Herr wär, ich jaget mich selber fort.

Lischen.
Mich eine Person zu heißen!

Habakuk.
Solche Personalitäten!

Lischen. Halt Er Sein Maul! Wenn ich nur diesen langweiligen Menschen nicht mehr vor mir sehen dürfte!

Habakuk. Ich bin kein Menschenfeind, aber ich habe einen Stubenmädelhaß. Was mir diese Person zuwider ist, bloß weil sies nicht glauben will, daß ich in Paris gewesen bin. (Boshaft.) Gschieht Ihr schon recht, Mamsell Liserl!

Lischen.
O Er erbärmlicher Wicht! Er verdient gar nicht, daß sich ein Stubenmädchen von meiner Qualität mit Ihm unter einem Dache
befindet.

Habakuk. Oh, prahlen Sie nicht so mit Ihrer Stubenmädelschaft, Sie haben auch die Stubenmädlerei nicht erfunden. Ich versichere Sie, ich war zwei Jahr in Paris, da gibt es Stubenmädel—wenn man die ins Deutsche übersetzen könnt, das gäbet eine Stubenmädliade, wo sich die ganze hiesige Kammerjungferschaft verstecken müßt. Und Sie schon gar, meine liebe Exkammerjungfer.

Lischen. Er zwei Jahre in Paris gewesener Einfaltspinsel, Er kommt mir gerade recht, wenn Er sich noch einmal untersteht, seine unverschämte Zunge zu meinem Nachteil zu bewegen, so werd ich Seinen Backen einen Krieg erklären und Ihm den auffallendsten Beweis liefern, auf was für eine kräftige Art ein deutsches Kammermädchen die Ehre ihres Standes zu rächen weiß. (Gibt ihm eine Ohrfeige und geht schnell ab.)

Habakuk (hält sich die Wange).
Nein, was man in dem Haus alles erlebt—ich war zwei Jahre in
Paris, aber so etwas ist mir nicht vors Gesicht gekommen. (Geht
ab, indem er sich den Backen hält.)

Elfter Auftritt

Verwandlung Kürzeres Zimmer. Rechts die Eingangstür,
links führt eine Glastür nach dem Garten. Auf dieser Seite
befindet sich ein massiver altmodischer Tisch und ein Stuhl.
Rechts an der Wand neben der Tür ein hoher Spiegel. Neben
der Gartentür ein Sekretär.

Rappelkopf kömmt in heftiger Bewegung zur Glastür
herein. Sein ganzes Wesen ist sehr auffahrend. Er sieht die
Menschen nur auf Augenblicke oder mit Seitenblicken an
und wendet sich schnell, entweder erzürnt oder verächtlich,
von ihnen ab.

Rappelkopf.
Ha! Ja!

Lied
Ja, das kann nicht mehr so bleiben,
's ist entsetzlich, was sie treiben.
Ins Gesicht werd ich belogen,
Hinterm Rücken frech betrogen,
's Geld muß ich am End vergraben,
Denn sie stehln als wie die Raben.
Ich hab keinen Kreuzer Schulden,
Bare hunderttausend Gulden,
Und doch wirds mir noch zu wenig,

25

Es tät not, ich wurd ein König.
Meine Felder sind zerhagelt,
Meine Schimmel sind vernagelt,
Meine Tochter, wie betrübt,
Ist das ganze Jahr verliebt.
Alle Tag ist das ein Gwinsel
Um den Maler, um den Pinsel,
Der kaum hat ein Renommee,
Und vom Geld ist kein Idee.
Und mein Weib, bei allen Blitzen,
Will die Frechheit unterstützen,
Sagt, er wär ein Mann zum Küssen,
Wie die Weiber das gleich wissen!
Und das soll mich nicht verdrüßen?
Ja, da möcht man sich erschießen.
Und statt daß man mich bedauert,
Wird auf meinen Tod gelauert,
Und so sind sie alle, alle,
Ich zerberste noch vor Galle.
Drum hab ich beschlossen und werd es vollstrecken,
Ich laß von den Menschen nicht länger mich necken.
Ich lasse mich scheiden, ich dringe darauf.
Der ganzen Welt künd auf Michäli ich auf.
Die Liebe, die Sehnsucht, die Freundschaft, die Treue,
Mir falln s' nur nicht alle gschwind ein nach der Reihe,
Die lockenden, falschen, gewandten Mamsellen,
Die mich fast ein halbes Jahrhundert schon prellen,
Die lad ich noch einmal zum Frühstück ins Haus
Und peitsch sie, wie Timon, zum Tempel hinaus.

Es ist aus! Die Welt ist nichts als eine giftge Belladonna, ich
habe sie gekostet und bin toll davon geworden. Ich brauch
nichts von den Leuten, und sie kriegen auch nichts von mir,
nichts Gutes, nichts Übles, nichts Süßes und nichts Saures.
Nicht einmal meinen sauren Wein will ich ihnen mehr

verkaufen. Ich habe Aufrichtigkeit angebaut, und es ist Falschheit herausgewachsen. Es ist schändlich, ich bin auf dem Punkte durch meinen eignen Schwager zum Bettler zu werden. Er hat mich überredet, mein Vermögen einem Handlungshause in Venedig anzuvertrauen, das jetzt dem Sturze nah sein muß. Ich erhalte keine Interessen, keinen Brief von meinem heuchlerischen Schwager, den ich verkannt und der vielleicht im Bunde steht mit dem betrügerischen Volk. Und so täuscht mich alles! alles! Darum will ich keinen Kameraden mehr haben als die zanksüchtige Erfahrung.

Das ist der vorsichtge, weltghetzte Hase
Mit der vom Unglück zerstoßenen Nase,
Mit dem millionmal verwundeten Schädel,
Das ist mein Mann, den behandle ich edel.

Ich hab zu viel ausgestanden in der Welt. Mich hat die Freundschaft getäuscht, die Liebe betrogen und die Ehe gefoltert. Ich kanns beweisen, ich hab vier Attestaten, denn ich hab das vierte Weib. Und was für Weiber! Eine jede hat eine andere Untugend ghabt. Die erste war herrschsüchtig. Die hat wollen eine Königin spielen. Bis ich als Treffkönig aufgetreten bin. Die zweite war eifersüchtig bis zum Wahnsinn. Wie sich nur eine Fliegen auf meinem Gsicht hat blicken lassen, pums, hat sie s' erschlagen. Das waren zwei Ehen—da kann man sagen, Schlag auf Schlag. Die dritte war mondsüchtig. Wenn ich in der Nacht hab etwas auf sie sprechen wollen, ist sie auf dem Dach oben gsessen. Jetzt frag ich einen Menschen, ob das zum Aushalten war? Aber sie haben doch behauptet, sie könnten mit mir nicht leben, und sind aus lauter Bosheit gestorben. Bin aber nicht gscheid geworden, hat mich die Höllenlust angewandelt, eine vierte zu nehmen. Eine vierte, die viermal so falsch ist als die andern drei. Die mein Kind in ihrem Ungehorsam

unterstützt. Den Maler protegiert, den Maler, der vor
Hunger alle Farben spielt. Nichts als immer wispert mit der
Dienstbotenbrut, Komplotte macht gegen ihren Herrn und
Meister. (Sieht zur halboffnen Eingangstür hinaus.) Aha!
Da schleicht das Stubenmädel herum. Die hat schon wieder
eine Betrügerei im Kopf. Die wär nicht so übel, das
Stubenmädel, das ist noch die sauberste—aber ich hab einen
Haß auf sie, einen unendlichen—ich werd sie aber doch
hereinrufen, bloß um sie auf eine feine Art auszuforschen.
He! Lischen! (Schreit.) Herein mit ihr!

Zwölfter Auftritt

Voriger. Lischen tritt furchtsam ein.

Lischen.
Was befehlen Euer Gnaden?

Rappelkopf (immer barsch).
Ich hab etwas zu reden mit ihr.

Lischen (erschrickt).
Mit mir? (Beiseite.) Nun das wird eine schöne Konversation
werden.
Was er schon für Augen macht!

Rappelkopf (beiseite).
Ich werd alle möglichen Feinheiten gebrauchen. (Roh.) Da
geh
Sie her! (Lischen nähert sich verzagt. Rappelkopf betrachtet
sie verächtlich vom Kopf bis zu den Füßen.) Infame Person!

Lischen.
Aber Euer Gnaden—

Rappelkopf.
Was Gnaden — nichts Gnaden — schweig Sie still und
antwort Sie.

Lischen.
Das kann ich ja nicht zugleich.

Rappelkopf.
Sie kann alles. Es gibt keinen Betrug, der Ihr nicht möglich
wäre.
Sie ist eine Mosaik aus allen Falschheiten zusammengesetzt.
(Beiseite.) Ich muß mich zurückhalten, damit ich nur nicht
unhöflich mit ihr bin.

Lischen (empört).
Aber wer wird sich denn solche Impertinenzen sagen
lassen?

Rappelkopf (heftig). Sie, Sie wird 's sich sagen lassen. Und
wird keinen Laut von sich geben. Was hat Sie für eine
Betrügerei vorgehabt? Sie will mich bestehlen?

Lischen.
Nein!

Rappelkopf.
Was denn?

Lischen.
Ich will mich empfehlen. (Will fort.)

Rappelkopf (nimmt ein ungeladenes Jagdgewehr).
Nicht von der Stelle, oder ich schieß Sie nieder!

Lischen (schreit).
Hülfe, Hülfe!

Rappelkopf.

Nicht mucksen! Antwort! Warum hat Sie so verdächtig
herumgesehen?
Was ist im Werk?

Lischen.
Himmel, wenn es losgeht!

Rappelkopf.
Nutzt nichts! losgehn muß etwas, entweder Ihr Maul oder
die
Flinten.

Lischen.
Ach, was soll ich denn mein Leben riskieren! (Kniet nieder.)
Lieber gnädiger Herr, ich will alles bekennen.

Rappelkopf.
Endlich kommts an den Tag. Himmel, tu dich auf!

Lischen. Ich habe gelauscht, ob das Fräulein nicht aus dem
Alpental zurückkömmt, die gnädge Frau hat mich
ausgezankt, weil ich nicht bei ihr geblieben bin, da sie ihren
Liebhaber erwartet, der heute ankommt. Die gnädige Frau
ist mit ihr einverstanden, doch weil sie mich so mißhandelt
hat, so verrate ich sie.

Rappelkopf.
Entsetzlicher Betrug! O falsche Niobe! Und Sie
niedrigdenkende
Person, Sie wagt es, Ihre Frau zu verraten — der Sie so viel
Dank schuldig ist? O Menschen, Menschen! Ausgeartetes
Geschlecht!
Aus meinen Augen geh Sie mir, Sie undankbare Kreatur, ich
will
nie mehr etwas von Ihr wissen.

Lischen.

Aber was hätt ich denn tun sollen?

Rappelkopf.
Schweigen hätt Sie sollen.

Lischen.
Aber Euer Gnaden hätten mich ja erschossen.

Rappelkopf.
Ist nicht wahr, es ist nicht geladen. Betrug für Betrug.

Lischen. So, also hätt ich diese Angst umsonst
ausgestanden? Das ist abscheulich.

Rappelkopf. Nein, nicht umsonst. Du Krokodil von einem
Stubenmädel—du sollst eine Menge dafür haben: meine
Verachtung, meinen Haß, meinen Schimpf, meine
Verfolgung und deinen Lohn. (Wirft ihr einen Beutel vor die
Füße.) Nimms und geh aus meinem Haus. Mach dich
zahlhaft, oder ich zahl dich auf eine andre Art aus. So
nimms, warum nimmst du es denn nicht?

Lischen.
Oh, ich werds schon nehmen. (Denkt nach.) Gnädger Herr!

Rappelkopf.
Was denkst denn nach, du Viper? Nimms und ruf mir deine
Frau.

Lischen (schnell auf die Gartentür deutend).
Dort ist sie ja!

Rappelkopf (schießt schnell gegen die Gartentür).
Wo ist sie? Wo? Her mit ihr.

Lischen (hebt schnell den Beutel auf).
Das ist ein alter Narr! (Läuft schnell ab.)

Rappelkopf (sieht ihr nach). Hat ihn schon! O ihr Welten, stürzt zusammen, dieses weibliche Insekt wagt es, mich zum besten zu halten! O Rappelkopf! Wie falsch diese Menschen mit mir sind, und ich bin so gut mit ihnen! Ha! Dort kommt mein Weib, entsetzlicher Anblick—meine Haar sträuben sich empor, ich muß aussehen wie ein Stachelschwein.

Dreizehnter Auftritt

Voriger. Sophie.

Sopie (gelassen).
Was willst du denn, lieber Mann?

Rappelkopf. Dich will ich, aus der gesamten Menschheit dich! und von dir mein Fleisch und Blut, mein Kind! Wo ist sie?

Sopie (verlegen).
Sie ist nicht zu Hause—

Rappelkopf (sehr heftig).
Nun also, wo ist sie—? Wo?—

Sopie.
So sei nur nicht so heftig.

Rappelkopf.
Jetzt bin ich heftig, und ich bin ganz erstaunt über meine Gelassenheit. Im Wald ist sie draußen. Also auch mein Kind ist
verloren für mich?

Sopie.
Nu, nu, in dem Wald ist ja kein Bär.

Rappelkopf. Aber ein junger Herr — Also die Gschicht ist noch nicht aus, mit diesem Maler?

Sopie.
Und darf nicht aus sein, denn das Glück und die Ruhe deiner
Tochter stehen auf dem Spiele. Sie wird ihn ewig lieben.

Rappelkopf.
Und ich werd ihn ewig hassen.

Sopie.
Was hast du als Mensch an ihm auszusetzen?

Rappelkopf.
Nichts, als daß er einer ist.

Sopie.
Was hast du gegen seine Kunst einzuwenden?

Rappelkopf.
Alles! Ich hasse die Malerei, sie ist eine Verleumderin der Natur, weil sie s' verkleinert. Die Natur ist unerreichbar. Sie ist ein ewig blühender Jüngling, doch Gemälde sind geschminkte Leichen.

Sopie.
Ich kann deine Ansichten nicht billigen und darf es nicht. Meine Pflicht verbietet es.

Rappelkopf. Weil du dir die Pflicht aufgelegt hast, mich zu hassen, zu betrügen, zu belügen et cetera. (Wendet sich von ihr ab.)

Sopie.
So laß dir doch nur sagen —

Rappelkopf.

Ist nicht wahr.

Sopie.
Ich habe ja nichts gesagt noch —

Rappelkopf.
Du darfst nur das Maul aufmachen, so ist es schon erlogen.

Sopie.
So blick mich doch nur an —

Rappelkopf.
Nein, ich hab meinen Augen jedes Rendezvous mit den deinigen
untersagt. Lieber Kronäugeln als Liebäugeln. Aus meinem Zimmer!
(Setzt sich und dreht ihr den Rücken zu.)

Sopie (empört).
Du wendest mir den Rücken zu?

Rappelkopf. In jeder Hinsicht. Weil du alles hinter meinem Rücken tust, so red auch mit mir hinter meinem Rücken. Ich bin kein Janushaupt, ich hab nur ein Antlitz, und da ist nicht viel daran, aber wenn ich hundert hätt, so würd ich sie alle von euch abwenden. Darum befrei mich von deiner Gegenwart! Hinaus, Ungeheuer!

Sopie. Mann, ich warne dich zum letzten Male. Diese Behandlung hab ich weder verdient, noch darf ich sie länger erdulden, wenn ich nicht die Achtung vor mir selbst verlieren soll. Niemand ist deines Hasses würdiger als dein Betragen. Es ist ein Feind, der sich in seinem eignen Haus bekriegt. Und es ist wirklich hohe Zeit, daß ich mich entferne, damit ich mich nicht durch den Wunsch versündige, der Himmel möchte dich von einer Welt befreien, die deinem liebeleeren Herzen zur Last geworden ist und in der du keine Freude mehr kennst als die Qual deiner Angehörigen. (Geht erzürnt ab.)

Rappelkopf (allein). Das ist eine schreckliche Person. Alles ist gegen mich, und ich tu niemand etwas. Wenn ich auch manchmal in die Hitz komm, es ist eine seltene Sach, wenn ich ausgeredt hab, ich weiß kein Wort mehr, was ich gsagt hab. Aber die Menschen sind boshaft, sie könnten mich vergiften. Und dieses Weib, gegen die ich eine so auspeitschenswerte Liebe ghabt hab, ist imstande, mich so zu hintergehen. Und doch fordert sie Vertrauen. Woher nehmen? Wenn ich nur einen wüßt, der mir eines leihte! Ich wollte ihm dafür den ganzen Reichtum meiner Erfahrung einsetzen. (Stellt sich an die Gartentür.) Dieser Garten ist noch meine einzige Freud. Die Natur ist doch etwas Herrliches. Es ist alles so gut eingerichtet. Aber wie diese Raupen dort wieder den Baum abfressen. Dieses kriechende Schmarotzergesindel. (Sich höhnisch freuend.) Freßts nur zu. Nur zu. Bis nichts mehr da ist, nachher wieder weiter um ein Haus. O bravissimo! (Bleibt in den Anblick versunken mit verschlungenen Armen stehen.)

Vierzehnter Auftritt

Voriger. Habakuk tritt zur Eingangtür herein, ein Kuchelmesser in der Hand.

Habakuk. Jetzt wollen wirs probieren. (Sieht Rappelkopf, erschrickt.) Sapperment, da steht er just vor der Gartentür! Wie komm ich denn jetzt hinaus? Ich trau mich nicht vorbei. Er fahret auf mich los als wie ein Kettenhund. Ach, was kann denn mir geschehen! Ich war zwei Jahr in Paris. Euer Gnaden erlauben, daß ich (Rappelkopf kehrt sich schnell um und erschrickt. Habakuk erschrickt ebenfalls.)

Rappelkopf.
Was ists—? Was will Er?

Habakuk (für sich).
Bellt mich schon an. (Versteckt das Messer unwillkürlich.)

Rappelkopf (packt ihn an der Brust).
Was willst du da herin, warum erschrickst?

Habakuk (für sich).
Hat mich schon. (Laut.) Euer Gnaden verzeihen, ich hab—

Rappelkopf.
Was hast? Ein schlechtes Gewissen hast. Was versteckst
denn da?
Ans Licht damit!

Habakuk (zeigt es vor).
Ich versteck gar nichts, Euer Gnaden. Es ist ein
Kuchelmesser—

Rappelkopf (prallt entsetzt zurück).
Himmel und Hölle! Der Kerl hat mich umbringen wollen.

Habakuk.
Warum nicht gar—

Rappelkopf.
Den Augenblick gesteh! (Packt ihn und entreißt ihm das
Messer.)
Ist dieses Messer für mich geschliffen?

Habakuk.
Ah, das wär ja rasend, wenn Euer Gnaden so was glauben
könnten—
Ich hab ja Euer Gnaden nur fragen wollen—

Rappelkopf.

Ob du mich umbringen darfst?

Habakuk.
Warum nicht gar, da würd man ja Euer Gnaden lang fragen
—

Rappelkopf.
O du schändlicher Verräter!

Habakuk.
So lassen sich Euer Gnaden nur berichten—

Rappelkopf.
Keine Entschuldigung, hinaus mit dir!

Habakuk (beiseite). Er läßt einem nicht zu Wort kommen.
(Laut.) Euer Gnaden müssen mich hören. (Will auf ihn zu.)

Rappelkopf (hält einen Stuhl vor).
Untersteh dich und komm mir auf den Leib. Ich glaub, er hat
noch ein paar Messer bei sich. Der Kerl ist ein völliger
Messerschmied.

Habakuk.
So untersuchen mich Euer Gnaden ins Teufels Namen—

Rappelkopf (packt ihn wieder). Das will ich auch. Gesteh,
Bandit von Treviso, wer hat dich gedungen?

Habakuk.
Ich versteh Euer Gnaden gar nicht.

Rappelkopf.
Ich will wissen, wer diese Schreckenstat veranlaßt hat.

Habakuk.
Mein Himmel, die gnädige Frau hat gschafft—

Rappelkopf.
Genug, ich brauch nicht mehr zu wissen. Entsetzlich!
(Habakuk will reden. Rappelkopf schreit.)
Nichts mehr! Mein Weib will mich ermorden lassen! (Sinkt in
einen Stuhl und verhüllt sein Gesicht.)

Habakuk (für sich). Ah, das ist schrecklich! ich hätt sollen
einen Zichori ausstechen (ringt die Hände), und er glaubt,
ich will ihn umbringen. Ah, das ist schrecklich, das ist
schrecklich!

Rappelkopf.
Ja, es ist schrecklich—es ist entsetzlich, es ist das
Unmenschlichste, was die Weltgeschichte aufzuweisen hat.
(Nimmt den Stuhl.) Hinaus, du Mörder! du Abällino! du
Ungeheuer
in der Livree!

Habakuk.
Aber Euer Gnaden—

Rappelkopf.
Hinaus mit dir—

Habakuk.
Nein, ich war—

Rappelkopf (wütend).
Hinaus, sag ich, oder—(jagt ihn hinaus.)

Habakuk (schon vor der Tür, schreit).
Ich war zwei Jahr in Paris, aber das hab ich noch nicht
erlebt.
(Ab.)

Rappelkopf (allein).

Es ist vorbei, ich bin unter meinem eignen Dache nicht
mehr sicher.
Drum hinaus, nur hinaus
Aus dem mörderischen Haus!
Doch vorher will ich mich rächen,
Alle Möbel hier zerbrechen.
Gleich zuerst nehm ich beim Schößel
Diesen vierzigjährgen Sessel,
Auf dem meine Weiber saßen,
Die mein Lebensglück mir fraßen.
Ha! Dich tret ich ganz zuschanden.
(Zertritt den Stuhl.)
So—der hat es überstanden.
Auch den Tisch, an dem ich Briefe,
Voll Gemüt und treuer Tiefe,
Einst an falsche Freunde schrieb,
Spalte ich auf einen Hieb.
(Schlägt in den Tisch.)
Und der weltverführnde Spiegel,
Der Verderbtheit blankes Siegel,
Dieser Abgott aller Schönen,
Dem die eitlen Narren frönen,
Wo sie stehen, wo sie gaffen
Und sich putzen wie die Affen,
Gsichter schneiden, Buckerl machen,
Weißer Zähne willen lachen:
O du truggeschliffner Räuber!
Du Verführer eitler Weiber!
O du niedrige Lappalie!
Wart, dir liefr ich jetzt Bataille.
(Erblickt sich in dem Spiegel.)
Pfui! das häßliche Gesicht,
Ich ertrag es länger nicht.
(Zerschlägt den Spiegel mit geballter Faust.)
So! da liegt er jetzt, der Held,

Und sein Harnisch ist zerschellt.
(Besieht die Hand.)
Ha! der glänzende Betrüger
Hat verwundet seinen Sieger,
Doch ich mach mir nichts daraus,
Flöß ein Eimer Blut heraus.
(Öffnet den Schreibtisch und nimmt Briefe aus demselben.)
Auch die Briefe voll von Lieb,
Die im Wahnsinn ich einst schrieb,
Die zerreiß ich alle hier.
's ist nur schad um das Papier.
(Zerreißt sie und streut sie auf den Boden.
Nimmt Geldrollen und Geldbeutel aus einer Schatulle.)
Nur das tiefgehaßte Geld,
Die Mätresse dieser Welt,
Das bewahr ich mir allein,
Das muß mit, das steck ich ein.
(Steckt es schnell in die Taschen.)
Nun? Ihr Esel, ihr vier Wände,
Die ich hasse ohne Ende,
Warum schaut ihr mich so an?
Bin ich nicht ein ganzer Mann?
Euch kann ich zwar nicht zerschlagen,
Doch ich will euch etwas sagen:
Ich geh jetzt in Wald hinaus
Und komm nimmermehr nach Haus.

(Läuft wütend ab.)

Fünfzehnter Auftritt

Verwandlung
Das Innere einer Köhlerhütte. Rußige Wände.

Salchen am Spinnrocken. Hänschen, Christopherl, Andresel
sitzen am Tisch. Marthe an einer Wiege, in der ihr Kind
liegt. Unterm Tisch ein großer schwarzer Hund. Auf dem
Tisch eine Katze, mit welcher die Knaben spielen. Im
Hintergrunde zwei schlechte Betten. In einem liegt die
kranke Großmutter, in dem andern der betrunkene
Christian.

Quintett

Salchen (fröhlich).
Wenn ich an mein Franzel denk,
Wird mir halt so gut.
's Herzel, das ich ihm nur schenk,
Kriegt gleich frohen Mut.

Die drei Kinder.
He, Mutter, gib was z' essen her,
Der Magen tut uns weh!

Salchen.
Das Hungern fällt mir gar nicht schwer,
Wenn ich mein Bürschel seh.
Wenn ich an mein Franzel denk,
Wird mir halt so gut.
's Herzel, das ich ihm nur schenk,
Kriegt gleich frohen Mut.

Die drei Kinder.
Mutter, gib uns Brot!

Christian (mit lallender Stimme).
Ihr Bagage, seids nicht still?
Tausendschwerenot!

Marthe (ruft).

Still!

Das Kind.
Qua qua!

Die Katze.
Miau!

Der Hund.
Hau hau!

(Die erste Melodie fällt ein.)

Salchen.
Mein Franzel ist ein wiffer Bua,
Singt den ganzen Tag:
Daß er mich alleinig nur
Und kein andre mag.

Die drei Kinder.
Wenn wir nicht was z' essen kriegn,
So gehn wir ja zugrund!

Salchen.
So weckts das Kind nicht in der Wiegn,
Und spielts euch mit den Hund!
Mein Franzel ist ein wiffer Bua,
Singt den ganzen Tag:
Daß er mich alleinig nur
Und kein andre mag.

Die drei Kinder.
Sapperment, ein Brot!

Christian.
Wanns nicht euern Schnabel halts,
Schlag ich euch noch tot!

Marthe.
Still!

Das Kind.
Qua qua!

Die Katze.
Miau!

Der Hund.
Hau hau!

Marthe.
Still seids, ihr ausgelassenen Buben!

Hänschen (weinerlich).
Mutter, a Brot!

Salchen.
Ist keins da, Holzbirn eßts!

Marthe.
Und machts keinen solchen Lärm. Euern Vater ist nicht gut.

Andresel.
Was fehlt ihm denn?

Marthe. Den Schwindel hat er. (Für sich.) Man darfs den Kindern nicht einmal sagen.

Christoph.
Jetzt hat der Vater so viel Kohlen verkauft—

Andresel.
Und hat kein Geld z' Haus bracht, nichts als ein Schwindel.

Salchen.
Was geht das euch an?

43

Andresel. Weil wir hungrig sein. Ich weiß schon, warum wir so wenig z' essen kriegen, weil der Vater so viel trinkt.

Salchen. Jetzt schaut d' Mutter einmal die Spitzbuben an. Sie haben gar kein Respekt vor ihren Vatern.

Christian.
Ich massakrier die Buben alle drei. (Er will auf und taumelt.)

Marthe.
Liegen bleib! (Sie drängt ihn ins Bette.)

Andresel.
Er kriegt schon wieder den Schwindel.

Alle drei Buben (lachen).
Haha! Der Vater kann nicht grad stehn!

Marthe.
Ob ihr aufhört! Nein, wie hat mich der Himmel gstraft!

Das Kind (schreit).
Qua qua!

Marthe (zu Salchen).
Aufs Kind schau!
(Salchen wiegt.)
Eine Butten voll Kinder und so einen liederlichen Mann.
Kein
Pfennig Geld im Haus.
(Die Großmutter niest im Bett.)
Hört d' Mutter zum niesen auf. Man hört sein eignes Wort nicht.

Die drei Buben.
Ah, das ist a Spaß.

Andresel.

D' Mutter ist zornig. Haha!

Marthe. Nein, die Gall bringt mich um. Du verdammter Bub du, wart, ich will dir deine Mutter ausspotten lernen! (Nimmt ihn beim Kopf und schlägt ihn.)

Andresel (schreit).
Au weh! (Weint.)

Salchen (springt herzu und hält sie ab).
So hört d' Mutter auf!—

(Die zwei andern Buben verkriechen sich hinter den Tisch und hinters Bett.)

Alles zugleich:
Das Kind (in der Wiege).
Qua qua!
Die Großmutter (streckt im Bett die Arme heraus und niest).
Hehe!
Der Hund (bellt).
Hau hau!

(Die Katze springt davon.)

Sechszehnter Auftritt

Vorige. Rappelkopf öffnet die Tür und bleibt stehen.

Rappelkopf.
Holla, da gehts zu, nur hinauf auf die Köpf! Das ist ein Gesindel.
(Geht in die Mitte des Zimmers und klatscht in die Hände. Schadenfroh.) Bravo! Bravissimo!

Salchen.
Jetzt schauts den an. Was will denn der da?

Marthe.
Nu was will Er? Was schaut Er?

Rappelkopf. Sie will ich nicht. Sie Altertum! Was kost die Hütten da? Was muß ich zahlen, wenn ich euch alle hinauswerfen darf?

Salchen.
Ah, der hat einen kuriosen Gusto.

Marthe. Er impertinenter Mensch, was untersteht Er sich denn, da hereinzukommen —

Salchen.
Und uns Grobheiten anzutun.

Christian (halb schlaftrunken).
Werfts ihn aussi!

Marthe (verdrüßlich). Halt's Maul! (Zu Rappelkopf) Was hat denn Er zu befehlen, ich kann meine Kinder schlagen, wie ich will.

Andresel. Nun ja, was geht denn den Herrn mein Buckel an? Die Schläg sein unser Mittagmahl.

Der Bub unterm Bett. Sultel! Huß huß!

Der Hund.
Hau hau!

Marthe und Salchen.
Hinaus mit Ihm!

Rappelkopf. Still! kein Wort reden! (Zieht zwei Geldbeutel

hervor und klingelt damit.) Geld ist da! Dukaten sind da!
Die gehören alle euch. Verstanden? Also freundlich sein. Die
Zähn herblöcken. Euer Gnaden sagen. Gschwind! Bagage!
Gschwind!

Marthe. Euer Gnaden, wir bitten um Verzeihung. Gehts,
Kinder, küßt den gnädigen Herrn die Hand. Kriegts was zu
schenken.

(Die Kinder kriechen hervor.)

Andresel (lacht dumm).
Dukaten hat er? Gehts, Buben, küssen wir ihm die Hand.

(Sie küssen ihm die Hände.)

Rappelkopf.
Ist schon da die Brut.

Alle drei Buben.
Euer Gnaden, bitt gar schön um ein Dukaten.

Christian.
Bringts mir auch welche her!

Salchen.
Schamts euch nicht? er foppt euch nur.

Rappelkopf. Was will die Frau, da, für die Keischen? Ich kauf
s'. Wenn s' noch so teuer ist.

Marthe. Ah, Euer Gnaden machen nur einen Spaß. Was
wollten S' denn mit der miserablichen Hütten da?

Rappelkopf.
Das geht Sie nichts an. Hat Sie genug an zweihundert
Dukaten?

Marthe. O mein, Euer Gnaden! So viel Geld kanns ja gar nicht geben auf der Welt, da wären wir ja versorgt auf unser Lebtag.

Salchen. Aber die Mutter wird doch nicht die Hütten verkaufen? Was wird denn mein Franzel sagen, wenn ers hört?

Andresel.
Mutter, gebts ihm s', es ist nicht mehr wert.

Marthe (freudig). O du lieber Himmel, das ist a Glück! Wenn nur mit mein Mann was zu reden wär!

Andresel.
Vater! steht der Vater auf! Oder wir verkaufen 's Haus, und den
Vatern auch dazu.

Marthe. Du Mann! (Für sich.) Nein, die Schand vorn Leuten! Er kann sich gar nicht rühren. (Während dieser Rede liebkost der Hund Rappelkopf, welcher ihn mit dem Fuß von sich stößt. Der Hund bellt auf ihn. Marthe laut.) Die Hütten kannst verkaufen, stell dir vor, zweihundert Dukaten kriegen wir dafür.

Christian (schlaftrunken).
Ist zu wenig—viel zu wenig.

Salchen.
Wenn er s' nur nicht hergebet!

Marthe.
Der Mann weiß gar nicht, was er redt. Sie können s' habn, Euer
Gnaden, es ist schon alles in der Ordnung.

Rappelkopf.
Da kauf ich alles, wies da liegt und steht.

Marthe.
Oh, da drauß ist auch ein Kuchel, da hängt a Menge
Kuchelgschirr.

Andresel.
Und Mäus gibts, die sind gar nicht zu bezahlen.

Rappelkopf. Also da ist's Geld. (Wirft ihnen Geld hin.) Und
jetzt augenblicklich hinaus. Alle miteinander. In zwei
Minuten will ich keins mehr sehen.

Salchen.
Sieht die Mutter, jetzt kommts halt doch auf Hinauswerfen
heraus.

(Während dieser Reden haben die Kinder alles nach und
nach zurückgeräumt, so daß die Bühne im Vordergrunde
frei von Möbeln ist, bis auf einen Stuhl, auf den sich
Rappelkopf setzt. Franzel tritt ein.)

Franzel.
Guten Abend, der Franzel ist da!

Rappelkopf.
Da kommt noch so ein Halbmensch.

Salchen. O lieber Franzel, schau nur den Fremden an, dem
hat die Mutter die Hütten verkauft, er wirft uns alle 'naus.
Er hat s' schon zahlt.

Franzel. Aber Mutter, was fallt Euch denn ein? Gebts ihm doch 's Geld zurück, dem abscheulichen Menschen.

Marthe. Warum nit gar—das gib ich nimmer her, keinen solchen Narren finden wir nicht mehr. Seids still, von dem Geld könnts euch heiraten.

Salchen.
Aber wo bleiben wir denn? Es ist ja schon bald Nacht.

Marthe. Ums Geld lassen s' uns überall hinein. He! Kinder, Vater, Mutter, auf, auf! wir müssen alle fort.

Andresel.
Das wird ein Auszug werden! Ich freu mich schon.

Marthe.
Aufsteh, Mann! (Sie zerrt ihn auf und führt ihn vor.)

Rappelkopf.
Ist er krank?

Marthe.
Nu, ich glaubs.

Rappelkopf.
Schon lang?

Marthe.
Halt ja, das ist gar ein altes Übel, das ist noch vom vorigen Jahr.

Rappelkopf.
Das ist nicht wahr! es ist vom Heurigen. Hinaus mit ihm!

Christian.
Ich geh nicht fort, bis ich das Geld nicht hab. Ich bin ein

Mann, ich hab etwas im Kopf, so will ich im Sack auch was haben.

Marthe.
Ich hab schon 's Geld, (zieht ihm den Rock an und setzt ihm den
Hut auf) so geh nur zu! Jetzt Kinder, packts zusammen.
(Hansel nimmt den Hund an einen Strick.)
Der Christoph führt die Großmutter.
(Sie heben die Alte aus dem Bett und geben ihr die Krücke in die
Hand. Auf Hänschen.)
Du führst den Hund, und ich mein Mann.

Rappelkopf.
Und das Kind? Was gschieht mit den?

Andresel.
Das nimm ich unterm Arm.

Rappelkopf.
Das ist ein Hottentottenvolk. Seid ihr in Ordnung jetzt?

Andresel.
Ja. Eingspannt ists.

Rappelkopf.
So fahrt hinaus.

Salchen.
So müssen wir denn wirklich fort, aus unsern lieben Haus
—

Christoph (weint).
Wo wir alle geboren und verzogen sein.

Salchen. Meiner Seel, der Herr kanns nicht verantworten,

was der Herr mit seinen Geld für ein Unheil anstift.

Sextett

Salchen.
So leb denn wohl, du stilles Haus,
Wir ziehn betrübt aus dir hinaus.

Alle (bis auf Rappelkopf).
So leb denn wohl, du stilles Haus,
Wir ziehn betrübt aus dir hinaus.

Salchen.
Und fänden wir das höchste Glück,
Wir dächten doch an dich zurück.

Alle.
Und fänden wir das höchste Glück,
Wir dächten doch an dich zurück.

(Alle Paar und Paar ab. Sie sehen sich im Abgehen betrübt
um, auch der Hund.)

Der Hund (mit gedämpftem Ton gegen Rappelkopf im
Abführen). Hau hau! Hau hau! (Geht hinten nach, von
Hänschen an einem Strick geführt.)

Siebzehnter Auftritt

Rappelkopf allein.

Lied mit Chor

Rappelkopf (springt vom Stuhle auf).
Jetzt bin ich allein, und ich will es auch bleiben,
Will mich mit der Einsamkeit zärtlichst beweiben,

Will gar keine Freunde als Berge und Felsen,
Verjag das Schmarotzergesindel wie Gelsen,
Will nie dem Geschwätze der Weiber mehr lauschen,
Da hör ich viel lieber des Wasserfalls Rauschen.
Zu Pagen erwähl ich die vier Elemente,
Die regen geschäftig die riesigen Hände.
Den Westwind ernenn ich zu meinem Friseur,
Der kräuselt die Locken und weht um mich her,
Und wenn ich ein hohes Toupet vielleicht schaff,
Frisiert mich der Sturmwind gleich à la Giraff.
So leb ich zufrieden im finsteren Haus
Und lache die Torheit der Menschen hier aus.
(Tritt in die Mitte des Theaters zurück und starrt vor sich
hin.
Nah an der Hütte ertönt sanft der Chor nach der vorigen
Melodie.)

Chor.
So leb denn wohl, du stilles Haus,
Wir ziehn betrübt aus dir hinaus.

Der Hund.
Hau hau!

Rappelkopf (tritt vor).
Ich will nichts mehr hörn von den boshaften Leuten,
Verachte die Dummen und fliehe die Gscheidten.
Und ob sie sich raufen, und ob sie sich schlagen,
Und ob sie Prozesse führn und sich verklagen,
Und ob sie sich schmeicheln, und ob sie sich küssen,
Und ob sie der Schnupfen plagt, wie oft sie niesen,
Und ob sie gut schlafen, und was sie gegessen,
Und ob sie vernünftig sind oder besessen,
Und ob wohl in Indien der Hafer ist teuer,
Und obs in Pest regnt und in Ofen ist Feuer,
Und ob eine Hochzeit wird oder ein Leich:

Ha! das ist mir einerlei, das gilt mir gleich.
Ich lebe zufrieden im finsteren Haus
Und lache die Torheit der Menschen hier aus.

(Wirft sich in den Stuhl. Weiter entfernt von der Hütte:)

Chor.
So leb denn wohl, du stilles Haus,
Wir ziehn betrübt aus dir hinaus.

Der Hund.
Hau hau!

(Es wird finster.)

Rappelkopf (springt auf und schleudert den Stuhl zurück, auf
dem er saß).
Und wollte die Welt sich auch gänzlich verkehren,
Und brächte der Galgen die Leute zu Ehren,
Und läge die Tugend verpestet am Boden,
Und tanzten nur Langaus die Kranken und Toten,
Und brauchten die uralten Weiber noch Ammen,
Und stünde der Nordpol in glühenden Flammen,
Und schenkte der Wucher der Welt Millionen,
Und würden so wohlfeil wie Erbsen die Kronen,
Und föcht man mit Degen, die ganz ohne Klingen,
Und flögen die Adler und fehlten die Schwingen,
Und gäbs eine Liebe, gereinigt von Qualen,
Und schien' eine Sonne, beraubt ihrer Strahlen:
Ich bliebe doch lieber im finsteren Haus
Und lachte die Torheit der Menschen hier aus.

(Er eilt zurück und öffnet die Fensterbalken. Der Wald
erglüht im Abendrot, welches auch Rappelkopf bestrahlt. Er
blickt düster hinaus und von ferne erschallt der)

Chor.
So leb denn wohl, du stilles Haus,
Wir ziehn betrübt aus dir hinaus.

Der Hund.
Hau hau!

Achzehnter Auftritt

(Langsam verwandelt sich die Bühne in ein kurzes Zimmer in
Rappelkopfs Hause. In der Mitte ein großer Spiegel. Tag.)

Sophie, von Malchen und August geführt, setzt sich
weinend in einen Stuhl.

Malchen. Trösten Sie sich, teure Mutter, der Vater wird
schon wieder zurückkehren, wenn er ausgetobt hat. Wie oft
verließ er nicht das Haus und lief den Bergen zu.

Sopie. Ach Kinder, es ist eine böse Ahnung in meinem
Busen, die mir jede Hoffnung raubt, daß wir ihn gesund
und wohlbehalten wiedersehen.

August. Wenn Sie mir nur erlauben wollten, ihm
nachzueilen, ich wollte alle Mittel anwenden, ihn zu
besänftgen.

Sopie.
O lieber August, Ihr Anblick würde ihn nur noch mehr
erbittern.
Eben weil er Sie hier weiß, ist sein Unmut zur Raserei
geworden.

Malchen. Da kommt Lischen mit Habakuk, vielleicht hat

man schon Nachricht gebracht. (Lischen, eilig Habakuk hereinziehend.)

Lischen. Da komm Er herein, Er abscheulicher Mensch, und erzähl Er der gnädgen Frau den ganzen Vorfall! Stellen sich Euer Gnaden vor, mit dem Habakuk hat er den letzten Auftritt gehabt. Wegen dem Habakuk ist er fort.

Habakuk.
So red Sie nur nicht so einfältig! Was kann denn ich dafür?

August.
Der Mensch ist ja blaß wie eine Leiche.

Sopie.
Warum hat Er denn das nicht gleich gemeldet, wo war Er bis jetzt?

Lischen. Auf den Kornboden hat er sich versteckt, aus lauter Angst vor den gnädgen Herrn. Er hat ihn ja ermorden wollen.

Alle.
Wen?

Lischen.
Der Habakuk den gnädigen Herrn.

Alle.
Nicht möglich!

Lischen. Nicht möglich? Er hat es ja selbst gestanden. Sehen Euer Gnaden nur diese Mörderphysiognomie, er bringt noch das ganze Haus um.

Habakuk. Ah, das ist ja eine schändliche Person. Euer Gnaden, ich bitt, daß ich mich an ihr eine halbe Stund vergreifen darf. Das kann ich ja nicht leiden.

Lischen.
Untersteh Er sich und komm Er her, Er Missetäter!

Malchen.
Du wirst dir doch keinen Scherz erlauben, Lischen?

Sopie.
Sprech Er, Habakuk! Warum zittert Er denn so?

Habakuk. Aus lauter Zorn, ich benimm mich gegen alle
présence d'esprit, ich war zwei Jahr in Paris, und mir
schnappen die Füß zusammen.

August (gibt ihm einen Stuhl).
Hier setz Er sich nieder und erklär Er sich über die Sache.

Habakuk. Ich kann mich nicht anders erklären, als daß ich,
wie Euer Gnaden geschafft haben, einen Zichori hab
ausstechen wollen, und wie der gnädige Herr ein Messer bei
mir erblickt, so hat er behauptet, ich hätt ihn gschwind
unter der Hand umbringen wollen. Laßt mich nicht zu
Wort kommen, schüttelt mich wie einen Zwetschkenbaum
und fragt mich, wer mich gedünget hat. Ich wollt
antworten: Die gnädige Frau braucht einen Zichori. Wer
aber diesen Zichori gar nicht aus mir herausläßt, das war er.
Denn kaum hab ich das Wort: »Die gnädige Frau« gesagt, so
ist er schon mit beiden Füßen bis auf den Blavon hinauf
gsprungen. Hat immer geschrien, meine Frau will mich
ermurden lassen, hat mich einen Habällino hin, den andern
her geheißen, und hat mich mir nichts dir nichts bei der Tür
hinausgeprügelt. Von wo ich mich aus lauter Desperation
auf den Kornboden versteckt hab. Bis mich dieses intrigante
Frauengeziefer heruntergestöbert hat und jetzt die ganze
Gschicht auf eine so verkehrte Weise erzählt.

Lischen.

Er hat einmal behauptet—

Habakuk. Daß Sie eine niedrigdenkende Seele ist, die einen Mann von meinen Meriten ins Unglück hineinstürzen will.

Sopie. Genug jetzt, mit diesen Albernheiten. Also das ist die Ursache, die meinen Mann in solche Wut geraten ließ? Des Mordes hält er mich verdächtig? So ungereimt diese Zumutung auch ist, so gibt sie doch einen Beweis, wie gemein er von meinem Charakter denkt.

Malchen.
Beruhigen Sie sich, liebe Mutter!

August. Wer sollte glauben, daß ein gesunder Verstand so phantastisch ausarten könne?

Lischen. Der gnädge Herr hatte immer etwas Düstres an sich, selbst wie er noch Buchhändler war, seine Bücher waren immer gut aufgelegt, er aber nie.

Habakuk.
Er ist ein Hypokontrolist. Er hat zu reizende Nerven.

Lischen (lacht). Es ist schrecklich—dieser Mensch war zwei Jahr in Paris und ist so einfältig wie eine Auster.

Habakuk.
Diese Person fällt noch von meiner Hand.

Sopie (zu Lischen).
Und du hast ihn aus dem Hause laufen sehen?

Lischen.
Dem Walde zu. Nachdem er vorher die große Schlacht gegen alle
Möbel gewonnen hatte.

Sopie (weint). Ach du lieber Gott, mir bangt um sein Leben, ich kann nicht ruhig bleiben mehr, ich muß selbst hinaus—

August.
Bleiben Sie—

Malchen.
Ach August, der Alpenkönig hat uns getäuscht.

August.
Ich verwünsche diesen Kobold.

(Donnerschlag. Der Spiegel öffnet sich, man sieht auf einem schroffen Fels den Alpenkönig sitzen. Im Hintergrunde ferne Berge, blauer Himmel.)

Sopie.
Himmel, welche Erscheinung!

August, Malchen.
Er ist es!

Sopie.
Wer?

Habakuk.
Der Aschenmann!

August, Malchen.
Der Alpenkönig!

Lischen.
Ach, daß der Himmel erbarm! (Sie schließt die Augen.)

Astragalus.
Warum verfluchst du mich?

August (kniet). Du Wunderwesen, dessen Macht wir nicht

erklären können und die doch unleugbar, weil sie dem Auge und dem Herzen sich zugleich verkündet, du hast uns deinen Schutz gelobt. Und doch ward diesem Haus so tiefes Leid, daß ich beinahe fürchten muß, du könntest meiner Liebe Glück durch ihres Vaters Unglück nur bezwecken.

Malchen (kniet). Wenn du die Stelle kennst, auf der sein Fuß jetzt irrt, so rett ihn, hoher Klippenfürst.

Sopie (kniet).
Ich verstehe meiner Kinder Worte nicht, doch wenn meines Mannes
Herz in deinen Zauberbanden liegt und darum sich von uns gewendet
hat, so gib es frei, wir werden dich dafür stets als ein gutes Wesen ehren.

Lischen (kniet). Hoher Alpenkönig! Ich traue mich zwar nicht, mein Auge zu dir zu erheben, warum? das weiß ich schon. Aber wenn du ein galanter Herr bist, so wird auch die Bitte einer hübschen Kammerjungfer etwas bei dir gelten.

Habakuk (kniet).
Ich bitt auch ganz erschrecklich, Euer gesteinigte Hochheit!

Astragalus (steht auf).
Ich dacht es wohl, es wandle euch Besorgnis an,
Weil mein Geschäft so üblen Anfang nimmt.
Doch sorgt euch nicht, ich bin ein kluger Handwerksmann,
Der seinen Vorteil schon voraus bestimmt.
Denn wenn man sprödes Erz geschmeidig sucht zu biegen,
So lasse man es in des Ofens Bauch erglühn.
Und so muß sein Gemüt in Hassesflammen liegen,
In wilder Leidenschaft die Seele Funken sprühn,
Dann kann ich seinen Wahn durch Überzeugung schmieden

Und seiner Denkart ihre alte Form verleihn.
Von selbst schließt mit der Menschheit er dann neu den
Frieden
Und wird sein Wirken freudig ihrem Wohle weihn.
Drum, was ihr Böses mögt in baldger Zukunft schauen,
Wenn ihr bei nächster Sonne wieder ihn erblickt,
Doch mögt ihr kühn und treulich auf mein Wort vertrauen,
Noch eh sie sinkt, hat Alpenkönig euch beglückt.

(Sinkt in seine frühere Stellung zurück. Das Spiegelglas
erscheint wieder.)

Sopie. So unerklärbar dieses Phantom mir ist, so hat es doch
Trost in meine Seele gesendet. Begleitet mich nach dem
Gemach, das uns die Aussicht nach dem Wald hin bietet,
vielleicht sehen wir schon einige von den Boten
zurückkehren, welche ich nach meinem Manne ausgesendet
habe. Dort sollt ihr mir auch Aufklärung über den
Alpenkönig geben.

(Sophie, Malchen, August ab.)

Neunzehnter Auftritt

Habakuk. Lischen.

Habakuk. Nein, was einem in unserm Haus für
Erscheinungen begegnen, das geht in das Entsetzliche
hinüber. (Stellt sich vor Lischen.)

Lischen.
Nu was gibts, Monsieur? Was sieht Er mich so an?

Habakuk (gezogen). Sie hat mich auf das Schafott bringen
wollen, darum hab ich Ihr in dieser Welt nichts mehr zu

sagen, als—

Lischen.
Daß Er zwei Jahre in Paris gewesen ist, Er abgeschmackter
Mensch?

Habakuk.
Oui, Mademoiselle, und dieses Bewußtsein gibt mir die
Kraft,
Ihre Gemeinheit zu verachten. (Geht pathetisch ab.)

Lischen (allein). Und ich werde mich in des gnädgen Herrn
Zimmer verfügen und mich in den zerbrochenen Spiegel
schauen, ob ich meine ganze Schönheit noch besitze. Dann
werde ich die zerrissenen Liebesbriefe zusammenkehren und
diese mit Füßen getretenen Empfindungen ganz langsam in
den Kamin hineinschaufeln. So sind die Männer, ihre
Liebesschwüre sind lauter Wechsel an die Ewigkeit, in
diesem Leben zahlt sie keiner aus. Wenn ich wieder auf die
Welt komme, so werd ich ein Mann und will gar keine von
meinen jetzigen Eigenschaften behalten als die
Eroberungskunst.

Ariette
Ach, wenn ich nur kein Mädchen wär,
Das ist doch recht fatal,
So ging' ich gleich zum Militär
Und würde General.
Oh, ich wär gar ein tapfrer Mann,
Bedeckte mich mit Ruhm!
Doch ging' die Kanonade an,
So machte ich rechtsum.
Nur wo ich schöne Augen säh,
Da schöß ich gleich drauf hin.
Dann trieb' ich vorwärts die Armee
Mit wahrem Heldensinn.

Da flögen Blicke hin und her,
So feurig wie Granaten.
Ich sprengte vor der Fronte her,
Ermutigt die Soldaten.

Ihr Krieger, schrie' ich, gebt nicht nach!
Zum Sieg sind wir geboren,
Wird nur der linke Flügel schwach,
(aufs Herz zeigend)
So ist der Feind verloren.
So würde durch Beharrlichkeit
Am End der Preis errungen
Und Hymens Fahn in kurzer Zeit
Von Amors Hand geschwungen.

Dann zög ich ein mit Sang und Spiel,
Die Mannschaft parodierte.
Wär auch der Lorbeer nicht mein Ziel,
So schmückte mich die Myrte.
So nützte ich der Kriegskunst Gab,
Eroberte—ein Täubchen.
Dann dankt ich die Armee schnell ab
Und blieb' bei meinem Weibchen. (Ab.)

Zwanzigster Auftritt

Verwandlung
Tiefer Wald. Rechts vorne die Köhlerhütte. Eine Tür, neben
dieser ein Fenster, auf dem Dache ein praktikables
Bodenfenster.
Dieser Hütte gegenüber ein großer Eichbaum. Hinter diesem
ein
Gebüsch. Im Hintergrunde ein kleiner Wasserfall. Es ist spät
am

Abend.

Rappelkopf mit einem Wasserkrug aus der Hütte. Er hat eine berußte Schlafmütze des Köhlers und einen runden Bauernhut auf dem Kopfe und eine Jacke von ihm an.

Rappelkopf. So!—Der Timon ist fertig, nun fehlt nur noch sein Kompagnon, der Esel—und wenn ich der auch jetzt nicht bin, so war ichs doch—ich war zu gut, das ist mein größter Fehler. Die Leute wollen es nicht. Es gibt manche Menschen, wenn ihnen einer begegnet, der ihnen noch so viele Wohltaten erwiesen hat, so sagen s' höchstens zu einander: Oh, das ist ein guter Kerl, der tut kein Menschen was, der ist froh, wenn man ihm nichts tut. (Gleichgültig grüßend.) Servus! Servus! Lassen wir ihn leben. Wenn aber einer kommt, von dem sie glauben, daß er ihnen schaden könnt, da stoßen s' einander: Oh! das ist ein böser Kerl, vor dem muß man sich in acht nehmen. (Freundliches tiefes Kompliment.) Tänigster Diener! Tänigster Diener! hab ich die Ehr, mein Kompliment zu machen. Wann der anfangt, der kanns. Gleich wieder: Tänigster Diener! Oh, es wird mich noch zum Wahnsinn bringen. In meinem Haus bin ich nicht sicher mehr, mein Weib will mich ermorden lassen. Habt ihrs gehört, ihr verfolgten Stämme dieses edlen Waldes, die der Mensch gar zu zweifachem Tod bestimmt, weil euch die Axt erst fällt und man euch dann noch hinterdrein verbrennt? Habt ihrs gehört? Mein Weib will mich ermorden lassen! Ist denn der Wald so echolos, daß ich der einzge bin, der diese Schandtat ausposaunt?

(Geräusch in den Blättern.)

Ha! wer rührt sich da? ist es ein Mensch, so soll er hervorkommen, damit ich meinen ganzen Vorrat von Impertinenzen in sein Antlitz werfen kann. Heraus da, wer ist hier? Qui vive?

Ein Stier (streckt aus dem Gebüsche, hinter dem er gefressen, seinen Hals gegen Rappelkopf und brüllt sehr stark.) Ohn! (Man sieht ihn jedoch nur bis an die Brust, der Unterleib ist durch das Gebüsch verdeckt.)

Rappelkopf (verblüfft). Diese Antwort hab ich nicht erwartet. (Reißt einen Baumast ab und jagt den Stier fort.) Gehst hinaus! Eine solche Gesellschaft möcht ich mir noch ausbitten.

Einundzwanzigster Auftritt

Voriger. Astragalus tritt hervor.

Astragalus. Du verdienst keine bessere. Warum verfolgst du diesen Sohn meiner Herde?

Rappelkopf.
Gib der Herr auf seine Kinder besser acht. Hier ist mein Territorium, und da leid ich weder etwas Vierfüßiges noch etwas Zweifüßiges. Also weiter, Vater und Sohn!

Astragalus. Du irrest, wenn du wähnst, daß du auf eignem Boden herrschest. Mein ist das Tal, in dem die Alpe wurzelt. Drum frag ich dich, wie du es wagst, schamlose Flüche auszuhauchen hier, daß sie wie giftger Reif an diesen Blättern hangen, und eine Welt zu schmähn, in der du Wurm, aus Schlamm gezeugt, in eines Waldes dunklem Busen dich verkriechst, weil du den Strahl des heitren Lebens fürchtest?

Rappelkopf. Was kümmerts dich? (Beiseite.) Der Kerl sieht aus, als wenn er von Gußeisen wär. Dem geh ich gar keine

Antwort, den laß ich stehen. (Will in die Hütte.)

Astragalus (zielt auf ihn).
Halt an! Gib Leben oder Worte!

Rappelkopf.
Was ist das für eine Art, auf einen Menschen zu schießen?

Astragalus.
Du bist kein Mensch.

Rappelkopf.
Nicht? Das ist das Neuste, was ich höre.

Astragalus. Du hast dich ausgeschlossen aus der Menschen
Kreis. Gib Losung, ob du es noch bist. Bist du gesellig wie
der Mensch? Du bist es nicht. Hast du Gefühl? Du fühlst
nur Haß. Hast du Vernunft? Ich finde keine Spur.

Rappelkopf.
Impertinent!

Astragalus.
Drum sprich, zu welcher Gattung ich dich zählen soll, der
du des
Tieres unbarmherzge Roheit mit dem milden Ansehn und
der Sprache
eines Menschen paarst.

Rappelkopf.
Ah, das ist eine gute Geschichte, der führt einen logischen
Beweis, daß ich ein Tier bin und noch dazu eins von der
neuesten
Gattung.

Astragalus.
Was hast du zu erwidern mir?

Rappelkopf (beiseite).
Ich wollt ihm schon etwas erwidern, wenn er keine Flinten
hätte.

Astragalus. Antwort gib, ob du in meine Jagdbarkeit
gehörst und meiner Kugel bist verwandt?

Rappelkopf (beiseite).
Jetzt muß ich vor dem eine Rechenschaft ablegen, und ich
möcht
ihn lieber massakrieren. (Laut.) Die Flinte weg. Ich bin ein
Mensch, und das ein besserer, als ich sein hätt sollen.

Astragalus.
Und warum hassest du die Welt?

Rappelkopf. Weil ich hab blinde Mäusl gespielt mit ihr, die
Treue hab erhaschen wollen und den Betrug erwischt, der
mir die Binde von den Augen nahm.

Astragalus. Dann mußt du auch dem Wald entfliehen, weil
er mißgestalte Bäume hegt, die Erde meiden, weil sie giftge
Kräuter zeugt, des Himmels Blau bezweifeln, weil es Wolken
oft verhüllen, wenn du den Teil willst für das Ganze
nehmen.

Rappelkopf.
Was nützt das Ganze mich, wenn mich ein jeder Teil
sekkiert.
Ich bin in meinem eignen Haus des Lebens nicht mehr
sicher.

Astragalus.
Machs mit dem Mißtraun aus, das dich belogen hat.

Rappelkopf.
Mich haßt mein Weib, mich flieht mein Kind, mich richten

meine
Dienstleut aus.

Astragalus. Weil dein Betragen jeden tief erbittert, weil du
den Haß verdienst, den man dir zollt.

Rappelkopf.
Das ist nicht wahr, ich bin ein Mensch, so süß wie
Zuckerkandel
ist. Nur mir wird jede Lust verbittert, und ich trage keine
Schuld.

Astragalus.
Die größte, denn du kennst dich selber nicht.

Rappelkopf.
Das ist nicht wahr. Ich bin der Herr von Rappelkopf.

(Es fängt an, Nacht zu werden.)

Astragalus. Das ist auch alles, was du von dir weißt. Doch
daß du störrisch, wild, mißtrauisch bis zum Ekel bist, vom
Starrsinn angetrieben, hin bis an der niedern Bosheit
Grenze, und wie die üblen Eigenschaften alle heißen, die du
für Vorzug deines Herzens hältst, das ist dir unbekannt,
nicht wahr?

(Der Mond geht auf.)

Rappelkopf.
Mir ist nur eins bekannt, daß du ein Lügner bist, der eine
Menge Fehler mir andichtet, die ich doch nicht hab.

Astragalus. So geh die Wette ein, daß du weit mehr noch
hast. Ich führe den Beweis, wenn du dich meiner Macht
vertraust und mir gelobst, daß du dich ändern willst.

Rappelkopf.

Das hätt ich lang getan, wenn ich das gefunden hätte. Ich vertrau mich keinem Menschen an, Betrug ist das Panier der Welt.

Astragalus. Glaubst du, die Welt sei darum nur erschaffen, damit du deinen Geifer auf ihr Wappen speien kannst? Die Menschheit hinge nur von deinen Launen ab? Dir dürften andre nur, du andern nicht genügen? Bist du denn wahnsinnig, du übermütger Wurm?

Rappelkopf. Sapperment, nicht lang per Wurm, das Ding fangt mich zu wurmen an. Ich gib nicht nach, du bankrottierter Philosoph! Ich bin zu gut, und du zu schlecht, als daß ich länger mit dir red. Drum fort mit dir, der Mond geht auf, und du gehst ab, und künftighin werd ich in meiner Hütten mich verschanzen und herunterstukatieren, wenn sich eins sehen läßt.

Astragalus.
So willst du nicht die Hand zur Beßrung bieten?

Rappelkopf.
Ich biete nichts, und wenn mir's Wasser bis an Hals auch geht.

Astragalus.
Wohlan! So laß uns den Versuch beginnen.
Weil nicht Vernunft kann dein Gemüt gewinnen,
Soll Geistermacht zu deinem Glück dich zwingen,
Und mit dem Alpenkönig wirst du ringen.
Vermeid dies Haus! Sonst tritt auf allen Wegen
Vergangenheit dir leichenblaß entgegen.
Und willst du Elemente Brüder nennen,
Lern ihre Wut und ihre Schrecken kennen.
Der Blitz soll deines Hauses Dach umarmen,
Dann kann dein Herz an Freundesbrust erwarmen.

Weil du die Luft willst statt der Gattin küssen,
Soll dich des Sturmes Angstgeheul begrüßen.
Der Boden soll dich Halbmensch nimmer tragen,
Dann magst du über Erdenundank klagen.
Und daß du mit den Wellen dich kannst streiten,
Will ich die Flut dir bis zur Kehle leiten.
So soll dich Feuer, Wasser, Luft und Erd betrügen.
Dann wähl, ob du dich willst in meinen Vorschlag fügen.
Und wirst du liebend nicht dein Herz zur Menschheit
wenden,
So sollst du wildes Tier in Waldesnacht hier enden!
(Rasch ab.)

Rappelkopf (allein).
Das ist ein schrecklicher Kerl. Und ich tu doch, was ich will.
Just! Du sollst mich nicht um meinen Schlaf heut bringen.
Gute
Nacht, Freund Wald, ihr Eicheln, lebet wohl, zum
Frühstück
finden wir uns wieder.

(Will gegen das Haus. Beim Öffnen der Tür sitzt Victorinens
Geist auf einem Stuhl. Sie ist in blaue Schleier gehüllt und
sieht gespensterartig aus. Ihr Gesicht ist bleich und die
ganze Gestalt von einem grünen Schirm beleuchtet. Sie
spricht mit halblauter Stimme.)

Victorinens Geist.
Wo bleibst du denn so lang, du liederlicher Mann?
Und kommst so spät erst in der Nacht nach Haus.
Gehst gleich herein, mir wird schon angst allein,
Sonst rauf ich alle Haar dir aus.

Rappelkopf.
Himmel! das ist mein erstes Weib, die erkenn ich, weil sie die
Herrschaft noch im Grab behauptet. Da bringt mich

niemand bei
der Tür hinein. Die hat den Satan in den Leib. Wenn nur das
Fenster offen wär! (Es donnert.) Jetzt fangts zum donnern an.
(Am Fenster zeigt sich, ebenso wie Victorinens, Wallburgas
Geist und sieht heraus.) Wer schaut denn da heraus?

Wallburgas Geist (mit hohler Stimme).
Ich bins, du falscher Mann, du Ungetreuer du!
Warum hast du nach mir jetzt schon das zweite Weib?
Und ich hab dich so lieb, hab selbst im Grab kein Ruh,
Ich schau kein andern an, kann ohne dich nicht leben.
Drum komm herein, ich muß dir Küsse geben.

Rappelkopf (erschrickt). Entsetzlich! Schaudervolle Nacht,
zeigst du mir auch die zweite noch, die sich durch
Eifersucht verrät? Sie modert schon und will nicht leben
ohne mich. Welch schreckenvolle Lag! Es rieselt kalt durch
mein Gebein. (Es blitzt.) Der Donner brüllt, die Blitze
leuchten fürchterlich. Könnt ich doch nur durchs Dach ins
Haus! Mut! ich versuchs. (Er steigt hinauf. Währenddessen
erscheint Emerentias Geist, auf dem Dach sitzend.
Rappelkopf erschrickt.) Weh! Hier die dritte noch, dem
Kirchhof ungetreu wie mir! (Will fort.)

Emerentias Geist.
Wo willst du hin? Du darfst nicht fort.
Du mußt den Mond mit mir betrachten.
(Der Mond verwandelt sich in ein weißumschleiertes
Geisterhaupt,
das aus den Wolken sieht.)
Sieh hin, das bleiche Antlitz dort,
Es ist das Bild von deiner jetzgen Frau.
Sie weint! Schau hin! Schau! Schau!

Rappelkopf. Jetzt grinst mich auch die vierte an. O
teuflisches Quartett! Mich würgt die Angst! Ha! laß mich
fort! Mich wandelt Ohnmacht an. Rachsüchtge Hölle,
warum hast du das getan? Ich bleib nicht da. Ich muß
hinab. (Springt über das Dach.) O Himmel, sei gedankt! daß
deine Erd mich wieder trägt. Doch, was beginn ich nun?
(Der Sturm heult.) Der Sturm heult immer schrecklicher. Es
gießt, und doch verschwinden nicht die gräßlichen
Gestalten. (Regen strömt herab.) Nun platzt ein
Wolkenbruch! ich rette mich auf diesen Baum, sonst reißt
die Flut mich fort. (Er steigt auf den Baum. Die Weiber
verschwinden, es schlagt in die Hütte ein, sie steht in hellen
Flammen.) Wenn das so fortgeht, bricht die Welt in
Trümmer. (Die Hütte brennt fort. Heftiger Regen,
Sturmgeheul und Donner. Die Wasserflut schwillt immer
höher, bis sie Rappelkopf, der sich auf den Gipfel des Baumes
rettet, bis an den Mund steigt, so daß nur die Hälfte seines
Hauptes mehr zu sehen ist.) Zu Hülfe, zu Hülfe! ich ersauf!

Astragalus(fährt schnell in einem goldnen Nachen bis zu
seinem
Haupt und spricht).
Was bist du nun zu tun gesonnen?

Rappelkopf (voll Angst). Ich will mich bessern, ich sehs ein,
weil mir das Wasser schon ins Maul 'nein lauft.

Astragalus.
So führ ich dich nach meinem Schloß.

Schnelle Verwandlung Der Nachen verwandelt sich in zwei
Steinböcke mit goldenen Hörnern. Der Baum, auf dem
Rappelkopf steht, in einen schönen Wolkenwagen, in dem
sich der Alpenkönig und Rappelkopf befinden. Das Wasser
verschwindet. Das ganze Theater verwandelt sich in eine

pittoreske Felsengegend, die Teufelsbrücke in der Schweiz
vorstellend, auf welcher Kinder, als graue Alpenschützen
angekleidet, Böller losfeuern, während der Wolkenwagen
über die Bühne fährt. Zugleich von innen:

Chor.
Geendet ist die Geisterschlacht,
Die Sonne strahlt durch finstre Nacht.
Der Alpenkönig hat gesiegt,
Seht, wie er hin zum Ziele fliegt.

Zweiter Aufzug

Erster Auftritt

Thronsaal im Eispalaste des Astragalus, mit hohen Säulen
geziert, die silberartig erglänzen. Im Vordergrunde ein hoher
Thron von pittoreskem Ansehen, als wäre er aus
unregelmäßigem
Eis geformt.

Auf ihm Astragalus als Alpenkönig. Eine lange lichtblaue
weißgestickte Tunika, weiten griechischen Mantel. Weißen
Bart, auf dem Haupte eine smaragdene Krone. Vor ihm
knien im Kreise ideal gekleidete Alpengeister. Weiße kurze
Tunika, mit grünen Folioblättern garniert.

Chor.
Hehr zu schauen auf dem Throne
Bist du, Fürst der Alpenflur,
Denn dich schmückt der Tugend Krone,

Du vertilgst des Lasters Spur.

Astragalus (steht auf und spricht).
Auf des Thrones eisgen Stufen
Horcht ich gern noch eurem Chor.
Doch laßt uns den Fremdling rufen,
Denn die Zeit tritt mahnend vor.

Alpanor.
Lange steht er schon bereitet
In der Halle vor dem Saal.
Auch ist er schon angekleidet,
Wie dein Wink es uns befahl.

Astragalus.
Höhnt ihn aus, wenn er erscheint.

(Rappelkopf in einem drapfarben Reiseüberrock, gleichen
Gamaschen mit silbernen Knöpfen, schwarzem Haar, etwas
hoher
Stirne, wird hereingebracht.)

Ein Alpengeist.
Fürst, hier ist der Menschenfeind.

(Alle lachen.)

Rappelkopf.
Nun? Was ist da Spaßigs dran?

Alpanor.
Weißt du wohl, warum sie lachen?
Unter einem Menschenfeind
Dachten sie sich einen Drachen,
Der als grimmer Ries erscheint.
Und nun sehn sie einen Zwergen,

Wer soll 's Lachen da verbergen?
Von dem Unsinn mußt du lassen,
Freund, das ist ja ganz verkehrt.
Du willst alle andern hassen?
Und bist selber nicht viel wert.

Rappelkopf.
Versteht sich. Du wirst mir sagen, was ich zu tun hab.
(Für sich.) Verdammtes Hexenvolk!

Astragalus. Du bist die Wette mit mir eingegangen, du
wollest dein Gemüt in edleres verkehren, wenn du die Fehler
deines jetzigen erkennst.

Rappelkopf.
Das hab ich gsagt im Angesichte von vier Zeugen: Feuer,
Wasser,
Luft und Erde. Nun gib mir Überzeugung, oder laß mir
Ruh in
meinem Wald.

Astragalus. So hör mich an. Damit du kannst in solchem
Seelenspiegel schauen, so will ich deinen Geist aus deinem
Leib entführn und ihn in eines neuerschaffnen Körpers
Haus verbannen.

Rappelkopf. Das will sagen, mein Geist wird von einer
Bouteille in die andere hinübergefüllt, das ist schon nichts,
da kann schon eine Spitzbüberei geschehen, bei dieser
Füllung muß ich dabei sein. Da kann er ausrauchen, oder
verwechselt werden. Ich traue niemand mehr.

Astragalus.
Er wird es nicht. Ich schwör es bei des Chimborassos
eisgekröntem Haupte. Du wirst dein Denken, Wollen,
Handeln,

Fühlen genau in eines andern Bild erblicken.

Rappelkopf. Und was gschieht dann mit mir, geh ich so ohne Seel herum, oder bekomm ich wo eine andere zu leihen?

Astragalus.
Du wirst als Bruder deiner Frau erscheinen.

Rappelkopf.
Diese Verwandtschaft hätt ich mir nie träumen lassen.

Astragalus.
Doch ganz die Kraft der eigenen Gesinnungen behalten.

Rappelkopf. Das heißt, ich werde aussehn wie mein Schwager und denken, was ich will.

Astragalus. So ists. Dadurch kannst du dich überzeugen, wie gegen dich dein Weib, dein Kind und der von dir gehaßte Maler denken. Doch daß du auch an deinem Ebenbild den höchsten Anteil nimmst und dich in ihm genau ergründest und betrachtest, so hängt dein künftig Schicksal ganz von dem freien Handeln dieses Doppelgängers ab. Und was zu deinem Nutzen oder Nachteil wird durch ihn in deinem Haus geschehn, das wird, wenn er verschwindet, unveränderlich dir bleiben.

Rappelkopf. Also wenn er mir mein Haus verkauft, kann ich nachher auf der Straße wohnen? Ah, das ist eine schöne Einquartierung.

Astragalus. Auch ist dein Leben selbst an seines festgebunden, und wenn er es verliert, solang er statt dir lebt, stirbst du mit ihm und wirst durch ihn erkranken auch, wenn es der Zufall fügt, daß ihm ein bös Geschick Gesundheit raubt.

Rappelkopf. Zwei Menschen und nur ein Leben! Jetzt fangt
sogar die Natur zum ökonomisiren an. Da hats der Tod
kommod, der nimmt s' gleich Paar und Paar. Nun gut, so
laß denn sehen, was deine Taschenspielerei vermag. Der
Prozeß ist eingeleitet. Ein unendlich verwickelter Fall, der
wird in hundert Jahren nicht aus. Also was gschieht denn
jetzt? Hab ich noch meinen Geist, oder hat ihn schon ein
anderer? Bin ich schon mein Schwager, oder bin ich noch
der Schwager meines Schwagers?

Astragalus. Es wird dich jeder für den Bruder deines Weibs
erkennen. Darum hab ich in deinem Äußern dich gestaltet
so wie ihn. Ihr Alpengeister, führt ihn fort und bringt ihn
an des Berges Fuß. Dort werdet ihr ein leichtberädert
Fahrwerk finden, zwei rüstge Maultier vorgespannt, mit
Staub bedeckt, als kämen sie von weiter Reise aus dem Land
der welschen Glut. Sie bringen schnell ihn vor sein Schloß,
dort werde seinem Übermut Beschämung, Überzeugung,
Strafe.

Rappelkopf. Nun gut, so will ich dies Asyl der Falschheit
noch einmal betreten. Ich geh und übergeb dir meinen
Geist, von dem ich weiß, daß er so wenig Fehler hat, als die
Donau Linienschiffe trägt, als Eicheln auf dem Kirschbaum
wachsen und blondes Haar in deinem grauen Bart. (Ab mit
den Alpengeistern, nur Alpanor bleibt zurück.)

Astragalus. Sein Starrsinn ists, der mich zu festen
Hoffnungen berechtigt, denn hat er sich erkannt, wird ihn
mit gleicher Heftigkeit der Trieb zur Besserung erfassen, als
seine kräftge Phantasie den Wahn des Hasses jetzt
umklammert hält. Alpanor! Hast du den Bruder seines
Weibs zurückgehalten, daß er nicht heute morgens schon
von seiner Reise in des Menschenfeindes Schloß eintrifft?

Alpanor. Es geschieht in diesem Augenblick. Der Alpengeist

Linarius leitet seiner Pferde Zügel und setzt ihn aus in einer
wüsten Felsengegend, so lang, bis, großer Alpenkönig, du
die Ankunft ihm erlaubst.

Astragalus.
Und ich will scheinbar mich in ihn verwandeln
(er verwandelt sich in Rappelkopfs Gestalt in seiner ersten
Kleidung)
Und so durch Trug zu seinem Besten handeln.
Wie auf des Schlosses Dache die metallne Spitze
Das Haus bewahret vor der Wut der Blitze,
Will ich den Haß, den er sich gen die Welt erlaubt,
Herniederleiten auf sein eignes Haupt.
Dort mag die Donnerwolke sich entleeren
Und Glut durch Glut hellflammend sich verzehren,
Bis aus der Asche wird zum neuen Leben
Die Liebe gleich dem Phönix sich erheben.

(Beide ab.)

Zweiter Auftritt

Verwandlung Wilde Felsengegend. Im Hintergrunde ein
hoher praktikabler Fels, welcher von der rechten Kulisse
aber zwei Dritteil der Bühne bis ohngefähr zwei Schuh weit
von der linken sich erstreckt und in einem steilen Abhang
endigt. Auf ihm ist eine gedeckte Reisekalesche mit zwei
Schimmeln sichtbar. Die Pferde stehen schon ganz an dem
Abhange des Felsens.

Auf dem Sattelpferde sitzt der Alpengeist Linarius, als
Postillion gekleidet. Im Wagen Herr von Silberkern, so
gekleidet wie Herr von Rappelkopf zu Anfange des zweiten
Aktes. Er droht mit einem Stock dem Postillion und schreit

heftig.

Silberkern. Halt! Halt! Was treibt Er denn, Er verwünschter Kerl, ich bin ja des Todes, wo führt Er mich denn hin?

Linarius.
Geduld, mein Herr, wir werden gleich am Ziele sein.

Silberkern. Das ist ja keine Möglichkeit, der Kerl ist besoffen wie eine Kanone, er muß glauben, da unten ist ein Weinkeller. Ich massakrier Ihn, Er verflixter Lumpenhund. Was treibt Er denn mit Seinen gottverdammten Schimmeln?

Linarius.
Ich habe meine Pferde ausgespannt.

Silberkern.
Untersteh Er sich, Er infamer Mensch! wir stürzen ja hinab.

Linarius. Wer wird denn da viel Sprünge machen? das Trinkgeld ist mir ein für allemal zu schlecht. Adieu, mein Herr!

Silberkern.
Wo will Er denn hin?

Linarius.
Ich reite durch die Luft—

(Die Pferde bekommen Flügel. Linarius erhebt sich mit ihnen bis in die halbe Höhe des Theaters. Der Wagen bleibt stehen, zugleich fällt der hintere Teil des Felsens herab, und nur das Stück, worauf die Kutsche ist, bleibt stehen.)

Du bleibst zurück auf diesem Fels und genießest hier die Luft. Zur rechten Zeit spann ich die Pferde wieder vor. Dann bitt ich mir ein tüchtig Trinkgeld aus. Bis dahin lebe wohl und unterhalt dich gut. Juhe! Zum Alpenkönig heißt das Posthaus hier. Ihr Schimmel, hi! stoßt euch an keinen Stein! Lebt wohl, Herr Passagier, und bleibt mir fein gesund! (Fliegt fort und blast das Posthorn dabei.)

Silberkern. Verdammter Hexenspuk! Der Kerl fliegt herum wie eine Fledermaus. Flieg zum Geier, falscher Rabe! Ich brauche deine Pferde nicht. (Er will heraussteigen.) I potz Hagel, was ist das? Ich kann ja nicht heraus. Der Wagen hängt ja in der Luft. Das ist ja aufs Verhungern abgesehen. Verflixter Kerl, komm zurück! Es rührt sich nichts, ich sehe keinen Menschen, nicht einmal Ochsen weiden hier. Ich bin der einzge in der ganzen Gegend. (Schreit.) Hört mich denn niemand?

Echo.
Niemand—(Entfernter.) Niemand—Niemand—Nieman—

Silberkern (stampft mit dem Fuße).
Ich ersticke noch vor Zorn—

(Der Fels, auf dem der Wagen steht, öffnet sich wie eine Höhle und in ihr sind eine Menge kleine Alpengeister aufeinanderkauernd gruppiert, welche mit schadenfroher Miene aus vollem Halse lachen. Auch aus den Gebüschen, welche um den Fels angebracht sind, sehen einige schelmisch hervor.)

Alpengeister.
Hahahahaha!

Silberkern (schnell, räsonierend, mit dem Stock herumfechtend). O du Geistergesindel, du unsichtbares Lumpengepack, komm herauf zu mir, ich schlag dich tot. Das ist eine verflixte Geschichte.

(Neues Lachen und schnelles Vorfallen der Kurtine, welche ein
Zimmer in Rappelkopfs Hause vorstellt.)

Dritter Auftritt

Mehrere Dienstleute stürzen auf die Bühne. Sophie von der Seite.

Sopie.
Wo, wo ist mein Bruder?

Dienstleute.
Er kömmt soeben die Treppe herauf. Hier ist er schon.

Sopie. Holt Herrn von Dorn und meine Tochter. Das Gepäcke in das grüne Zimmer.

Vierter Auftritt

Vorige. Rappelkopf stürzt herein.

Sopie (fällt ihm um den Hals).
O mein Bruder, mein geliebter Bruder! (Bleibt an seiner Brust.)

Rappelkopf (für sich).
Entsetzlich! Diese Natter liegt an meiner Brust. Sie kennt mich wirklich nicht. Nimm dich zusammen, Rappelkopf! (Freundlich.) Endlich seh ich dich wieder, liebe Schwester. (Beiseite.) Ich kann s' nicht anschaun. (Wieder freundlich.) Wie gehts dir denn, du liebe Schwester du?

Sopie.
Ach Bruder, mir geht es sehr übel.

Rappelkopf (beiseite).
So? Da gschieht dir recht.

Sopie.
Was sagst du, lieber Bruder?

Rappelkopf.
Daß ich dich recht bedaure, und zwar auf eine ganz besondere
Art. Denn ich weiß alles, liebe Schwester, dein Mann ist ein schändlicher Mensch.

Sopie.
Das ist er nicht, lieber Bruder, aber ein unglücklicher Mensch.

Rappelkopf (beiseite).
Viper!

Sopie. Wenn du wüßtest, wie sehr ich mich nach dir gesehnt habe, um mein Herz vor dir auszuschütten!

Rappelkopf. So schütt es aus, liebe Schwester! (Beiseite.) Da erfahr ich etwas. Schütts aus!

Sopie.
Aber du wirst ermüdet sein von der Reise?

Rappelkopf.
Nur meine Füß sind müde, meine Ohren nicht.

Sopie.
So setz dich, lieber Bruder. (Sie setzt Stühle.)

Rappelkopf.

Ich dank dir, liebe Schwester. (Setzt sich.) Fatale Situation!

Sopie. Meine Tochter und ihr künftiger Bräutigam werden sogleich erscheinen.

Rappelkopf (fährt wild auf).
So? (Faßt sich und sagt plötzlich mit freundlichem Lächeln.) Wird mir eine unendliche Ehr sein.

Sopie.
Du bist so sonderbar, lieber Bruder. Was ist dir denn?

Rappelkopf. Verschiedenes. Die Reise, dein Anblick, es ist alles so ergreifend für mich.

Sopie. Ich danke dir. Du bist ein Bruder, wie man keinen mehr finden wird.

Rappelkopf (beiseite).
Der Meinung bin ich selbst.

Sopie. Fünf Jahre bist du abwesend. Die Ursache meines Unglücks wird dir schon aus meinen Briefen bekannt sein.

Rappelkopf.
Ich weiß, du hassest deinen Mann.

Sopie. Was fällt dir ein! Wo gäb es eine Frau, die ihrem Manne mehr zugetan wäre, als ich dem meinigen!

Rappelkopf.
Wirklich? (Beiseite.) Was man für Neuigkeiten erfährt!

Sopie. Wenn du nur die Geduld hättest sehen können, mit welcher ich seine Launen ertrug, die Sanftmut, mit der ich ihn behandelte.

Rappelkopf. Ja, das hätt ich sehen mögen. (Beiseite.) Es ist zum Durchgehn, wie sie lügt, ich bin schon völlig blau auf dieser Seite.

Sopie. Und alles dies hat seinen ungerechten Menschenhaß nur noch vermehrt.

Rappelkopf. Aber warum haßt er denn die Menschen, er muß doch eine Ursache haben?

Sopie.
Weil er ein Narr ist, der sie verkennt.

Rappelkopf (beiseite).
Ich bedank mich aufs allerschönste.

Sopie.
Und doch lieb ich ihn so zärtlich—

Rappelkopf.
Diesen Narren? o närrische Lieb! (Beiseite.) Es ist zum Teufelholen!

Sopie.
Und muß die Angst ausstehen, ihn seit gestern zu vermissen.

Rappelkopf.
Ja wo ist er denn?

Sopie. In einem Anfall von Wahnsinn zerschlug er alle Möbel, glaubte, der Bediente wolle ihn ermorden, und rannte wütend aus dem Hause.

Rappelkopf.
Nun er wird schon wieder zurückkommen.

Sopie.
Nein, das wird er nicht. Was er beschließt, vollführt er auch.

Rappelkopf (beiseite).
Sie kennt mich doch. (Laut.) Aber wie ist er denn auf den
Gedanken gekommen, daß man ihn ermorden will?

Sopie. Auf die unsinnigste Weise von der Welt. Ich befahl
meinem einfältigen Bedienten, er sollte nach dem Garten
gehen und Zichorien ausstechen, und das Messer in seiner
Hand läßt meinen unglückselgen Mann glauben, er wolle
ihn ermorden.

Rappelkopf.
Zichorien hat er ausstechen wollen?

Sopie.
Ei freilich.

Rappelkopf (beiseite).
Das ist nicht möglich, oder ich wär der einfältigste Mensch,
den die Sonne noch beschienen hat. (In Nachdenken
versunken.)
Zichorien hat er ausstechen wollen?

Sopie.
Warum ergreift dich das so?

Rappelkopf (gleichgültig). Weil mir der Kaffee einfällt, den
ich im letzten Wirtshaus getrunken hab. Der war auch mit
Zichorien vergiftet.

Sopie.
Was soll ich nun beginnen, lieber Bruder?

Rappelkopf.
Laß den Narren laufen!

Sopie. Das kann dein Ernst nicht sein. Er ist mein Mann,
und ich werd ihn nie verlassen.

Rappelkopf (schnell).
Ist das wahr?

Sopie.
Gewiß.

Rappelkopf (unwillkürlich erfreut, beiseite).
Sie ist doch nicht gar so schlecht. (Wieder verändert.)
Aber schlecht ist sie doch.

Sopie. Ach Bruder! (Sinkt an seine Brust.) Wenn mein Mann
imstande wäre, sich ein Leid anzutun! (Weinend.) Ich hätte
mir nichts vorzuwerfen, aber ich könnte diesen Vorfall nicht
überleben.

Rappelkopf. Das Weib martert mich, ich schwitz schon im
ganzen Leib. Und sie weint wirklich, mein ganzes Schapodl
ist naß. Aber ich glaub ihr nicht, die Weiber können alles.
(Laut.) Beruhige dich nur, liebe Schwester, es kommt
jemand.

Fünfter Auftritt

Vorige. August. Malchen.

Malchen.
Ist es wahr, ist der Onkel angekommen? (Sieht ihn.) Ach
liebster, bester Onkel! mit welcher Sehnsucht haben wir
Sie erwartet.

Rappelkopf.
Die ist so falsch wie ihre Mutter.

Malchen.
August, komm doch her.

Rappelkopf (erschrickt).
Wer?

August (hervortretend).
Bester Herr von Silberkern—(will auf ihn zu.)

Rappelkopf (fährt zurück).
Himmel, wer bringt dies Bild vor meine Augen?

Sopie.
Was ist dir, lieber Bruder?

Malchen.
Aber Onkel!

Rappelkopf (beiseite).
Ich muß mich fassen, damit ich allen auf den Grund komme.
(Laut, mit Zwang.) Verzeihen Sie mir, mein Herr, sein Sie
mir willkommen.

August.
Erlauben Sie, Herr von Silberkern—(Tritt näher.)

Rappelkopf (fährt wieder auf).
Nein, es ist nicht möglich—Drei Schritt vom Leib! (Beiseite.)
Vergiften könnt ich den Verführer!

August.
Was soll ich davon denken?

Malchen.
Onkel!

Sopie (gleichzeitig).
Bruder!

Rappelkopf (faßt sich wieder).
Verzeihen Sie, aber Sie haben eine Ähnlichkeit, eine

Ähnlichkeit—

August.
Mit wem?

Rappelkopf.
Mit—mit einem Menschen

August.
Mit was für einem?

Rappelkopf.
Der mich bestohlen hat.

Sopie.
Aber Bruder!

August (lacht).
Herr von Silberkern—

Malchen.
Ach Onkel, er hat nichts gestohlen als mein Herz.

Rappelkopf (auffahrend). Das ist es eben—(faßt sich) was mich nichts angeht. (Sehr freundlich.) Sind Sie nur nicht so kindisch, ich hab nur einen Spaß gemacht. (Für sich.) Verstellung, steh mir bei! (Laut.) Endlich sind wir alle recht froh beieinander, meine lieben Kinder. (Lacht boshaft.) Das ist ein freudiger Tag heute. (Für sich.) Ich möcht zur Decke hinauffahren.

Sopie. Wir wollen dich jetzt allein lassen, lieber Bruder. Damit du eine Stunde ausruhen kannst. Du bist zu angegriffen. In diesem Zimmer findest du ein Ruhebett, unterdessen werden wir die Nachforschungen nach meinem armen Mann verdoppeln, denn es gibt keinen ruhigen Augenblick für mich, solange ich in Ungewißheit über sein

Schicksal leben muß. (Geht ab.)

Rappelkopf.
Da werd ein anderer klug, ich nicht.

August.
Herr von Silberkern, ich weiß, daß Sie alles über Herrn von
Rappelkopf vermögen.

Rappelkopf. Da haben Sie recht, wenn ich nichts über ihn
vermag, dann richtet niemand etwas mit ihm aus.

August.
Oh, dann werden Sie mir Ihren Beistand nicht versagen.

Rappelkopf.
Ihnen? hahaha! Nun, das will ich hoffen.

August. Wenn meines Malchens Vater sein Haus wieder
betritt und es Ihnen gelingt, ihm mildere Gesinnungen
gegen die Welt einzuflößen, so vergessen Sie auch meiner
nicht! Versichern Sie ihm, daß es keinen jungen Mann auf
Erde gäbe, der mit einer so unwandelbaren Treue an seiner
liebenswürdigen Tochter und mit einer so innigen
Dankbarkeit an ihrem edlen, aber unglücklichen Vater hinge
als der von ihm so ungerecht verfolgte August Dorn.
(Verbeugt sich und geht ab.)

Rappelkopf.
Das ist mir unbegreiflich.

Malchen (weinend). Lieber Onkel, wenn Sie meinen Vater
sprechen, was ich gewiß nicht darf, so sagen Sie ihm, daß er
seine Amalie unendlich gekränkt hat, daß ihn niemand so
sehr liebt wie seine Tochter, aber daß ihr auch gewiß das
Herz brechen wird, wenn sie ihren August verlieren müßte.
(Weint heftig.)

Rappelkopf (sein Vatergefühl bricht los, er schließt Malchen heftig in seine Arme).
Du bist halt doch mein Kind, wenn ich auch jetzt nicht dein Vater bin. (Nimmt sie am Kopf.) Was nützt denn das, das läßt
sich nicht verleugnen. Ich muß dich küssen, Malchen.

Malchen.
Ach guter Onkel!

Rappelkopf.
Sag du mir, ist das wahr, liebst du deinen Vater?

Malchen.
Unendlich, lieber Onkel!

Rappelkopf.
Und du lügst nicht?

Malchen.
Bei Gott nicht.

Rappelkopf (freudig überrascht). Das ist schön von dir, das freut mich. (Legt ihren Kopf an seine Brust.) Sie hat mich lieb! So hab ich doch eine Seele auf der Welt, die mich liebt. Aber jetzt geh hinaus, ich bitt dich um alles in der Welt, geh hinaus.

Malchen.
Sie verstoßen mich doch nicht, lieber Onkel?

Rappelkopf. Nein, ich verstoß dich nicht, ich will dich noch einmal küssen sogar, aber geh hinaus, sonst muß ich mich vor mir selber schämen, geh hinaus.

Malchen.
So ruhen Sie sanft, bester Onkel. (Ab.)

Rappelkopf (allein). O Schande! ich bin ein Menschenfeind und komm da in eine Küsserei hinein, die gar kein End nimmt. Das war der einzige vergnügte Augenblick, den ich seit fünf Jahren erlebt hab. Aber wie ist mir denn? bin ich betrunken? Das ist ja keine Möglichkeit. Wenn das alles wahr wäre, was die Leute zusammenreden, so wären sie ja völlige Engel. Das ist Betrug, da muß etwas dahinterstecken. Das ist ein Einverständnis. Mein Weib ist eine Schlange. Zu was braucht sie einen Zichori? wenn so viel Kaffee aufgeht. Aber meine Tochter ist brav. Über die laß ich jetzt nichts mehr kommen. Auch den jungen Menschen trau ich nicht, den haben sies einstudiert. Er wär ohnehin bald steckengeblieben. Ha, da kommt der Habakuk, der große Bandit. Der soll mir Licht geben.

Sechster Auftritt

Voriger. Habakuk.

Rappelkopf.
He, Habakuk!

Habakuk. Wie? Euer Gnaden wissen, wie ich heiß, und haben mich noch nicht gesehen?

Rappelkopf.
Nu, ich kann Ihn ja wo anders gesehen haben.

Habakuk. Ja freilich, ich war zwei Jahr in Paris. Befehlen Euer Gnaden etwas?

Rappelkopf.
Ja! was ich sagen wollte—(Beiseite.) Ich trau dem Kerl nicht. (Laut.) Hat Er nicht ein Messer bei sich?

Habakuk.
Nein, ich werd aber gleich eins holen. (Will ab.)

Rappelkopf (erschrickt). Untersteh Er sich, ich brauch keins
mehr. Ich hab nur etwas abschneiden wollen. (Für sich.) Er
wär imstande er holet eins.

Habakuk.
Ich weiß nicht, ich trag sonst immer ein Messer bei mir —

Rappelkopf (für sich).
Nun da haben wirs ja, das ist ein routinierter Mörder.
(Laut.)
Lieber Freund, ich werd Ihm ein gutes Geschenk machen,
geh Er
mir ein wenig an die Hand. Er weiß, ich bin der Bruder
Seiner
Frau.

Habakuk.
Habs schon weg, Euer Gnaden.

Rappelkopf (für sich). Unbegreifliche Zauberei! (Laut.) Sag
Er mir, wie behandelt denn mein Schwager seine Frau?

Habakuk.
Infam, Euer Gnaden.

Rappelkopf.
Was sagt Er?

Habakuk. Oh, das ist ein sekkanter Mensch, der glaubt, die
Leut sind nur wegen ihm auf der Welt, daß er s' mit Füßen
treten kann.

Rappelkopf (für sich). Nun bei dem hört man doch ein
wahres Wort. Der redt doch, wie er denkt. (Laut.) Ja, es soll

nicht zum Aushalten sein. Darum kann ihn aber auch
meine Schwester nicht ausstehen. Nicht wahr?

Habakuk.
Ah, was fällt Euer Gnaden ein, sie weint sich ja völlig die
Augen aus um ihn. Ich kann sie nicht genug trösten.

Rappelkopf.
Man hat aber erzählt, sie hätte ihn wollen gar ermorden
lassen.

Habakuk. Ah, hören Euer Gnaden auf. Euer Gnaden
werden doch nicht auch so einfältig sein, das zu glauben.

Rappelkopf.
Ja, Er ist ja, glaub ich, mit dem Messer auf ihn gegangen.

Habakuk. Ich? warum nicht gar, ich fall in Ohnmacht,
wenn sie nur ein Hendel abstechen. Er war im
Gartenzimmer, und kein Mensch hat sich hinausgetraut,
und die Köchin hat einen Zichori gebraucht, und die Frau
hat gschafft, ich soll einen ausstechen.

Rappelkopf (beiseite).
Mit dem ewigen Zichori! am End ists doch wahr.

Habakuk.
Er läßt ja keinen Menschen zu Wort kommen, der Satanas.

Rappelkopf (für sich). Das ist ein impertinenter Bursch. Ein
Verleumder. (Laut.) Und sag Er mir, ist denn Sein Herr ein
gescheidter Mann?

Habakuk (verneinend). Ah! (Vertraulich.) Wissen Euer
Gnaden, wir reden jetzt unter uns, es ist nichts zu Haus bei
ihm. (Deutet auf den Kopf.)

Rappelkopf (beiseite). Nein, das ist nicht zum Aushalten.

(Gibt ihm Geld.) Da hat Er, mein lieber Freund, Er hat mir schöne Sachen gesagt, ich bin sehr zufrieden mit Ihm, aber geh Er jetzt.

Habakuk. Küß die Hand! (Für sich.) Aha, den freuts, daß ich über den andern schimpf. Er kann ihn nicht recht leiden. Ich muß noch ärger anfangen, vielleicht schenkt er mir noch etwas. (Laut.) Ja sehen Euer Gnaden, ich war zwei Jahr in Paris, aber ein so zuwiderer Mensch ist mir nicht vorgekommen, und es gibt ihm alles nach, das ist gar nichts nutz, da wird er nie kuriert. Ich versteh nichts von der Medizin, aber ich glaub, wenn er einmal recht durchgewassert wurd, es müßte sich seine ganze Natur umkehren.

Rappelkopf. Jetzt hat Er Zeit, daß Er geht. Den Augenblick hinaus, Er undankbarer Mensch, wie kann Er sich unterstehen, so von Seinem Herrn zu reden? Gleich fort, oder ich schlag Ihm Arm und Bein entzwei. (Sucht einen Stock.)

Habakuk.
So ists recht, jetzt fängt der auch an. (Im Abgehen.) Nun, den sag ich bald wieder was, das ist eine schreckliche Familie.
Na, das ging' mir ab. (Geht brummend ab.)

Rappelkopf (allein). So kann man seine Leute kennenlernen. Von meiner Frau redt er nicht so schlecht, er getraut sich nicht, weil er mich für ihren Bruder hält. Aber für einen Mörder ist er doch zu dumm, ich hab ihn für pfiffiger gehalten. Es wird doch auf den Zichori hinauskommen. Was mich das für eine Überwindung kostet, mit all diesen Menschen zu reden! Aber ich muß meine Untersuchung vollenden, weil ich sie begonnen habe und weil ich in nichts zurücktrete, wenn ich nicht muß, wie heut im Walde.

Siebenter Auftritt

Voriger. Lischen.

Lischen. Die gnädige Frau läßt fragen, ob Euer Gnaden eine
Tasse Tee befehlen.

Rappelkopf.
Ich danke. (Für sich.) Die werd ich auch in die Kur nehmen.
(Laut.) Was macht meine Schwester?

Lischen.
Sie ist sehr betrübt.

Rappelkopf.
Weswegen?

Lischen.
Unseres gnädigen Herrn wegen.

Rappelkopf.
Wegen mir?

Lischen.
Ah, wegen Ihnen nicht.

Rappelkopf (faßt sich). Ja so. (Für sich.) Die kennt mich
auch nicht. (Laut.) Und was macht meine Nichte?

Lischen.
Sie spricht mit ihrem Bräutigam.

Rappelkopf (für sich).
Himmel und Hölle! (Faßt sich. Laut.) Was ist denn das für
ein
Mensch?

Lischen.
Ein sehr liebenswürdiger Mensch.

Rappelkopf.
Was heißt das, macht er Ihr auch die Cour?

Lischen. Nun, das wäre der Wahre, er wagt es ja kaum, ein
anderes Mädchen anzusehen. Das wird ein handfester
Pantoffelritter werden. Ich glaube, er hat mir bloß darum
noch keinen Heller zum Geschenke gemacht, damit er nur
meine Hand nicht berühren darf. Er und mein Fräulein
taugen ganz zusammen, und es ist himmelschreiend, daß
der gnädge Herr seine Einwilligung nicht gibt.

Rappelkopf (rasch). Da hat er recht, wenn er sie nicht gibt.
Der junge Mensch hat keine Achtung vor ihn.

Lischen. Ei bewahre, er schätzt ihn weit mehr—verzeihen
Euer Gnaden, wenn ich so von Ihren Herrn Schwager
spreche—aber weit mehr, als er es verdient.

Rappelkopf (für sich). Es ist, als ob sie sich alle verschworen
hätten wider mich. Geduld, verlasse mich nicht! (Laut.) Ich
will Ihr etwas schenken, aber sag Sie mir in der größten
Geschwindigkeit alle üblen Eigenschaften Ihres Herrn.

Lischen.
In einer Geschwindigkeit, das ist ohnmöglich, gnädger
Herr.

Rappelkopf.
Warum nicht?

Lischen. Weil, wenn ich jetzt diesen Augenblick anfange, ich
morgen früh noch nicht fertig bin.

Rappelkopf.
Wo ich nur die Geduld hernehme, das alles anzuhören!

Lischen. Es ist schon genug, daß er ein Menschenfeind ist.
Ich begreife gar nicht, wie man bei einem so großen
Vermögen, einer gutmütigen Frau, einer wohlerzogenen
Tochter und einem so hübschen Stubenmädchen ein
Menschenfeind sein kann.

Lied
Ach, die Welt ist gar so freundlich
Und das Leben ist so schön.
Darum soll der Mensch nicht feindlich
Seinem Glück entgegenstehn.
Alles sucht sich zu gefallen,
Liebend ist die Welt vereint,
Und das Häßlichste von allen
Ist gewiß ein Menschenfeind.
Heitrer Sinn nur kann beglücken,
Nur die Freude hebt die Brust,
Nur die Liebe bringt Entzücken,
Und der Haß zerstört die Lust.
Doch wenn alle sich erfreun
Und der Stern des Frohsinns scheint,
Sitzt im düstern Wald allein

Drauß der finstre Menschenfeind.

Sieht man nur die goldne Sonne,
Wenn sie auf am Himmel steigt,
Wie sie schon mit holder Wonne
Allen Wesen ist geneigt:
Dann kann man die Welt nicht hassen,
Die 's im Grund nicht böse meint,
Man muß nur die Lieb nicht lassen,
Wird man nie zum Menschenfeind. (Ab.)

Rappelkopf (allein).
Schrecklich! Muß ich mich auch noch ansingen lassen! Das sind
Beleidigungen nach den Noten, und ich darf den Takt nicht dazu
schlagen. Und alles bleibt auf einem Wort! Wer kommt?

Achter Auftritt

Voriger. Sophie. Lischen.

Sopie (stürzt rasch herein).
Bruder, er kommt!

Rappelkopf.
Wer kommt?

Lischen.
Der gnädge Herr!

Sopie.
Mein Mann!

Rappelkopf. Ich komm! (Schlägt sich begeistert an die Brust.) Endlich einmal. Solang die Welt steht, war noch niemand so neugierig auf sich selbst als ich.

Astragalus (ruft noch vor der Tür).
Daß niemand zu mir gelassen wird!

Rappelkopf.
Meine ganze Stimme. Ich hör mich schon. (Tritt zurück.)

Neunter Auftritt

Vorige. Astragalus tritt ein.

Astragalus (wie er Sophie sieht, prallt er zurück und ruft).
Ha! (Er will zurück.)

Rappelkopf (sagt schnell).
Ich bins, ist kein Zweifel!

Sopie (hält ihn zurück). Oh, bleib doch, lieber Mann! wir sind glücklich, daß wir dich wieder sehn.

Astragalus (reißt sich los).
Laß mich. Entweder gehst du oder ich.

Sopie (Mit Überwindung).
Nun so bleib, ich will gehn. (Geht seufzend ab.)

(Astragalus tritt mit empörter Miene vor, bleibt mit verschränkten Armen stehn und blickt wild umher, ohne Rappelkopf zu bemerken.)

Rappelkopf (betrachtet ihn vom Fuß bis zum Kopfe mit ungeheurem Erstaunen und spricht dann überzeugt). Ich

bins—Aufgelegt bin ich nicht gut, aber das kann nicht
anders sein.

Astragalus (zu Lischen).
Was will Sie da?

Lischen (zitternd).
Fragen, ob Euer Gnaden nichts befehlen.

Rappelkopf.
Eine Angst hat alles vor mir, daß es eine Freude ist.

Astragalus.
Wo ist die Tinte?

Lischen.
Dort ist sie. (Deutet auf den Tisch.)

Astragalus.
Und Federn?

Lischen (ängstlich).
Die hab ich nicht.

Rappelkopf.
Jetzt hat die Gans keine Federn!

Astragalus.
Hol Sie welche! hat Sies gehört? Hinaus mit Ihr, Sie
Schlange, Sie Basilisk, Sie Krokodil, Sie Anakonda!

Rappelkopf.
In der Naturgeschichte bin ich gut bewandert.

Lischen. Gleich, Euer Gnaden. (Im Abgehen.) Der böse
Feind hat ihn zurückgeführt. Ich laß mich nicht mehr sehn.
(Ab.)

Rappelkopf. Die lauft. Ich weiß nicht, ich gfall mir recht gut. Ein wenig rasch bin ich, das ist wahr.

Astragalus (entschlossen).
Ja! Ich will mein Testament machen.

Rappelkopf (für sich). Testament? Nu wär nicht übel. Den Entschluß muß ich gleich unterbrechen. (Laut.) Grüß Sie Gott, lieber Schwager. Eben bin ich angekommen.

Astragalus.
Wer ist das?

Rappelkopf (entzückt).
Das ist ein eigner Anblick, wenn man vor sich selber steht.

Astragalus (schnell).
Was machen Sie hier? Warum haben Sie nicht geschrieben? Haben Sie meine Intressen mitgebracht? Wie stehts mit meinem Vermögen?

Rappelkopf (für sich).
Jetzt gehts recht, das möcht ich selbst gern wissen.

Astragalus.
Das Haus in Venedig soll nicht gut stehen, ist es verloren?

Rappelkopf (erschrickt).
Verloren? Wär nicht übel, (beiseite) mir wird selbst angst.

Astragalus.
Ich hab keine Intressen erhalten.

Rappelkopf.
Ich auch nicht.

Astragalus. Sie müssen es haben, Sie haben mir es sonst geschickt, da steckt ein Betrug dahinter.

Rappelkopf.
So lassen Sie sich nur sagen—

Astragalus. Ich laß mir nichts sagen—ich kenn die Welt, sie
gehört zum Katzengeschlechte—

Rappelkopf.
Ich—

Astragalus (wütend).
Still—

Rappelkopf. Wenn er nur nicht gar so schreien möchte, mir
tun die Ohren weh.

Zehnter Auftritt

Vorige. Habakuk mit Federn.

Habakuk (zitternd).
Euer Gnaden, hier bring ich die Federn.

Astragalus (entsetzt sich).
Ha! Dieser Mörder wagt es, vor meine Augen zu kommen!
(Nimmt den Stuhl vor und retiriert sich.) Komm mir nicht
an den Leib! Bandit!

Rappelkopf. Ach, das ist übertrieben. Wer wird sich denn
vor dem Esel fürchten?

Habakuk. Die gnädige Frau läßt fragen, ob sie noch nicht
herüberkommen darf.

Astragalus.
Nein.

Habakuk.
Sie weint aber so abscheulich.

Astragalus.
So soll sie schöner weinen, hahaha, oder ich fang zum
lachen an.

Habakuk.
Wenn sie aber krank wird?

Astragalus.
Die Gicht in ihren Leib! Und ins Spital mit ihr!

Rappelkopf (beiseite).
Das ist ein kurioser Humor.

Habakuk. Ah, verzeihen Euer Gnaden, aber das ist zu stark.
Ich war zwei Jahr in Paris, aber—

Astragalus (aufspringend).
Wenn Er es noch einmal wagt, dieses unerträgliche
Sprichwort
in meinem Haus ertönen zu lassen, so—zahl ich hier Seinen
Lohn in vorhinein. (Er wirft ihm einen Geldbeutel vor die
Füße und trifft damit Rappelkopf an das Schienbein.)

Rappelkopf (zieht den Fuß auf).
Sapperment hinein, achtgeben, das müssen harte Taler sein.

Astragalus.
Hab ich Ihnen weh getan?

Rappelkopf.
Ich glaub, ich hab ein Loch im Fuß.

Astragalus.
Gschieht Ihnen recht. (Zu Habakuk.) Wenn Er also dieses
Wort

noch einmal sagt, so geht Er an der Stelle aus meinem
Dienst.
Wenn ich auch nicht dabei bin. Nehm Er!

Rappelkopf.
Es ist meine ganze Manier. (Zu Habakuk.) Nu apport!

Habakuk.
Euer Gnaden, um diesen Preis kann ich mich nicht darauf
einlassen, denn ich habe keinen Stolz, als daß ich zwei
Jahr in —

Astragalus (faßt ihn am Halse). Ich erdroßle Ihn, wenn Er
noch einen Buchstaben mehr dazu sagt.

Habakuk.
Zu Hülfe! Zu Hülfe!

Rappelkopf (springt dazwischen).
Aber Herr Schwager, das hätt ich meinem Leben nicht
geglaubt.

Astragalus (hält ihn noch immer).
Wo warst du zwei Jahr, warst du in Paris?

Habakuk (schreit ängstlich).
Nein, in Stockerau.

Astragalus.
Also geh hin, wo der Pfeffer wächst. (Stoßt ihn zur Tür
hinaus.)

Rappelkopf. Ich find doch, daß ich etwas Abstoßendes in
meinem Betragen habe. Wenn das so fortgeht, so käm ich
mit mir selbst nicht draus. Ja so! Mein Geld muß ich wieder
einstecken. Wir haben ja eine Kassa, das ist kommod, wenns
der eine wegwirft, hebts der andere auf. Und wenn nur das

nicht wär, daß, was ihm geschieht, auch mir geschehen muß. Und wie lang er draußen bleibt, ganz erhitzt, wenn er sich erkühlt, so kriegen wir die Kolik. (Astragalus tritt ein.)

Astragalus.
Weil ich im Wald keine Ruh hab, so sollen sie auch von mir keine haben. Denn sie sind boshaft, sie könnten mich vergiften.
(Setzt sich in einen Stuhl.)

Rappelkopf. Das sind so übertriebene Sachen. Wenn er nur etwas mit sich reden ließ'. Herr Schwager!

Astragalus (wendet ihm den Rücken zu).
Hinaus! Ungeheuer!

Rappelkopf. So hab ichs akkurat gemacht. (Laut.) Aber warum denn? Wir sind ja die besten Freunde.

Astragalus. Ich bin keines Menschen Freund. Und Sie will ich gar nicht ansehen. Ihr Gesicht ist mir verdächtig.

Rappelkopf.
Sie werden mich doch für keinen Betrüger halten?

Astragalus.
Das nicht, aber man erinnert sich an einen, wenn man Sie ansieht.

Rappelkopf. Ah, das ist impertinent, diese Grobheit hätt ich mir nicht zugetraut. Und doch erinnere ich mich auf ähnliche Worte.

Astragalus (zum Fenster hinaus). Halt, wer schleicht da zur Tür hinaus? Donner und Blitz, das ist der junge Maler, der war bei meiner Tochter.

Rappelkopf.

Jetzt wirds angehn.

Astragalus. Wart, du kommst mir nicht mehr aus. (Springt zur Tür hinaus und stößt Rappelkopf der ihm im Weg steht, auf die Seite.)

Rappelkopf. Ich bin ja ein rasender Mensch. Ich fang mir ordentlich an selbst zuwider zu werden. Das hätt ich meinen Leben nicht gedacht.

Astragalus (von innen, schreiend).
Sie müssen herein, ich lasse Sie nicht los.

Rappelkopf.
Hat ihn schon bei der Falten.

Astragalus (von innen).
Herein, sag ich.

Rappelkopf.
Und wie er schreit! und das geht alles auf meine Rechnung. Bis die Gschicht ein Ende hat, ruiniert er mir noch meine ganze Brust.

(Astragalus zerrt August an der Hand herein.)

Astragalus. Herein, du Verführer meines Kindes! Wie können Sie es wagen, mein Haus zu betreten? Wer gibt Ihnen ein Recht dazu?

Rappelkopf.
Das ist wieder gut gesprochen, das gefällt mir.

August (ganz bleich).
Meine Liebe, Herr von Rappelkopf, und meine redlichen Absichten.

Astragalus.
Sie sollen gar keine Absichten haben, weil Sie keine
Aussichten haben.

Rappelkopf.
Bravo!

Astragalus. Ich kann mein Kind verheiraten, an wen ich
will, denn ich bin Vater.

Rappelkopf.
Bravissimo!

Astragalus.
Und es ist eine Frechheit von Ihnen, daß Sie sich gegen
meine Erlaubnis in mein Haus zu schleichen suchen, um
mein
Kind von dem Gehorsam gegen seinen Vater abzubringen.

Rappelkopf.
Sehr schön, ich muß mich selber loben.

August. Herr von Rappelkopf, ich beschwöre Sie bei allen
Gefühlen, welche Ihr leidenschaftliches Herz je bestürmten,
haben Sie Nachsicht mit den meinigen. Ich kann ohne Ihre
Tochter nicht leben, ich war drei Jahre abwesend, und meine
Gesinnungen haben sich nicht verändert. Ich besitze ein
kleines Vermögen, habe mich in meiner Kunst verbessert,
schenken Sie mir Ihre Einwilligung, nie werde ich Ihre
Gnade vergessen, und Sie werden einen dankbaren Sohn an
mir gewinnen.

Rappelkopf. Das ist kein gar so schlechter Mensch, er soll
doch nicht so hart mit ihm sein.

Astragalus. Ich traue Ihren Worten nicht, denn Falschheit
blickt aus Ihrem Auge. Darum wagen Sie es nicht mehr,

meine Schwelle zu betreten. Eh steht mein Tor hungrigen Wölfen offen, eh laß ich Raben unter meinem Dache nisten, eh will ich giftge Schlangen an dem Busen nähren, eh laß ich alle Seuchen hier im Hause wüten und will die Pest zu meinem Tische laden, eh ich nur Ihrer Lunge einen Atemzug in meinem Schloß erlaube.

Rappelkopf. Das ist ein Unsinn ohnegleichen. Es ist beinah nicht zu glauben, daß ein Mensch so sein kann.

August.
Herr von Rappelkopf, wenn Ihnen das Leben eines Menschen etwas
gilt, so reizen Sie meine Leidenschaft nicht auf das höchste—
Herr von Silberkern, nehmen Sie sich meiner an.

Rappelkopf. Ich kann ja nicht, ich bin froh, wenn er mich selber nicht hinauswirft.

August.
Also wollen Sie mir mit Gewalt das Leben rauben?

Astragalus (boshaft). Sie würden mich sehr verbinden, wenn Sie mir es zum Geschenke machen wollten.

Rappelkopf (entrüstet).
Ah, das ist infam—Herr Schwager (Geht auf Astragalus zu.)

Astragalus (fährt heftig auf ihn los). Schweigen Sie! Sie sind auch im Komplott mit ihm, aber ich schwöre es Ihnen bei dem glühenden Eingeweide des Vesuvs: wenn Sie es wagen, mein Kind in dieser Leidenschaft zu unterstützen, wenn Sie nur eine Miene machen, meine Ansichten zu mißbilligen, so werden Sie ein Andenken nach Venedig mit zurücknehmen, daß ganz Italien darüber in Entsetzen geraten soll. (Ab ins Nebenzimmer.)

Elfter Auftritt

Rappelkopf. August.

Rappelkopf. Nein, das ist nicht mein Ebenbild. Der
übertreibt. Das ist ein schauderhafter Mensch, ich krieg
einen ordentlichen Haß auf ihn. Wenn der so fortwütet, in
acht Tagen sind wir alle zwei hin.

August (der mit sich gekämpft). Leben Sie wohl, Herr von
Silberkern, grüßen Sie mein Malchen und vergessen Sie
mich nicht.

Rappelkopf.
Wo wollen Sie denn hin?

August.
Fragen Sie mich nicht. Ich kann ohne Amalie nicht leben —
(Will fort.)

Rappelkopf. So sein Sie nur ruhig, ich geh Ihnen mein Wort,
Sie bekommen sie.

August.
Wenn aber der Vater nicht will?

Rappelkopf. Er will schon, der Vater, sorgen Sie sich nicht.
Gehen Sie jetzt unterdessen fort, ich werde alles ausgleichen,
und wenn Sie Liebesbriefe haben, so geben Sie s' mir, ich
werd sie schon besorgen.

August. Ach bester Onkel, ich muß Sie umarmen, o Freude,
Freude, verlassen Sie mich nicht, sagen Sie meinem Malchen
—

Rappelkopf.
Gehen Sie nur—

August.
Nie werd ich Ihre Güte vergessen—

Rappelkopf (drängt ihn zur Tür hinaus).
Auf Wiedersehn! (Allein.) Das ist ein passabler Mensch. Den hab ich beinahe verkannt. Überhaupt fängt es bei mir an, etwas
Tag zu werden.

Zwölfter Auftritt

Habakuk. Voriger.

Habakuk. Euer Gnaden verzeihen, daß ich meine Zuflucht zu Ihnen nimm, mit meinen gnädigen Herrn zu reden, ist zu halsbrecherisch. Da sind Euer Gnaden viel gütiger. Euer Gnaden haben mir doch nur Arm und Bein entzwei schlagen wollen, und unter zwei Übeln muß man das kleinste wählen, und da bin ich also an Euer Gnaden geraten.

Rappelkopf. Das ist gar ein dummer Mensch, ich kann gar nicht begreifen, wie mich etwas beleidigen hat können von ihm. Nu was hat Er denn?

Habakuk.
Ein Anliegen, Euer Gnaden.

Rappelkopf.
Was denn für eines?

Habakuk. Sehen Euer Gnaden, ich—(Hält inne und seufzt tief.) Ich halts nicht aus.

Rappelkopf.

111

Was hält Er nicht aus? (Beiseite.) Das ist ein unerträglicher Kerl, mir steigt schon die Gall auf.

Habakuk. Euer Gnaden wissen, daß ich das Bewußte nicht mehr sagen darf, und wenn das nicht anders wird, so muß ich zugrunde gehen.

Rappelkopf.
Aber was hat Er denn davon, wenn Er sagt, daß Er zwei Jahr in
Paris war?

Habakuk. Unendlich viel, es hat alles viel mehr Achtung vor einem. Das hab ich schon viel hundertmal an andern bemerkt. Kurz, wenn ich das verschweigen muß, ich bekomme eine Gemütskrankheit, ich geh drauf.

Rappelkopf (unwillkürlich lächelnd).
Ich weiß nicht, soll ich mich ärgern oder soll ich lachen.

Habakuk.
Ich unterdruck es immer, und das macht mir
Beklemmungen.
Denn ich war zwei—(Setzt ab.) Sehn Euer Gnaden, mir wird
völlig nicht gut.

Rappelkopf.
Ja wegen was darf Ers denn nicht sagen?

Habakuk.
Er jagt mich ja fort.

Rappelkopf.
Wenn er es aber nicht hört?

Habakuk. Ja was glauben Sie denn, was der für Ohren hat,

die gehn ja ins Unendliche.

Rappelkopf. Schimpft in einem fort über mich und weiß es nicht. Was ich für Grobheiten einstecken muß! (Scharf.) Wenn ers befohlen hat, so muß Ers tun, ich kann Ihm nicht helfen.

Habakuk. Also keine Rettung. Ich empfehl mich Euer Gnaden! aber es wird eine Zeit kommen, wo es zu spät ist. Ich habe meinen Dienst ordentlich versehen, ich hab keinen Kreuzer veruntreut, aber das ist meine Leidenschaft, von der kann ich nicht lassen.

Rappelkopf.
Nu so sag Ers—

Habakuk.
Ich trau mich nicht.

Rappelkopf.
Auf meine Verantwortung.

Habakuk.
Lassen sich Euer Gnaden statt mir fortjagen?

Rappelkopf.
Nun ja—

Habakuk. Nun so versichre ich Euer Gnaden, ich war zwei Jahr in Paris, aber das werd ich Ihnen nicht vergessen. (Atem schöpfend, als fühlte er sich erleichtert.) Das ist eine Wohltat, die nicht zu beschreiben ist.

Rappelkopf.
Also ich erlaub es Ihm, von diesem Augenblick an, es wieder zu sagen, unter der Bedingung, daß Er nicht mehr über seinen

Herrn schimpft.

Habakuk. Oh, das ist ein Mann, wies gar keinen mehr gibt.
Und jetzt erlauben Euer Gnaden, daß ich Euer Gnaden
umarmen darf. Euer Gnaden sind mein Wohltäter, mein
Vater! Heut bringt kein Mensch mehr ein anderes Wort aus
mir heraus als: Ich war zwei Jahr in Paris. (Ab.)

Rappelkopf (allein). Es ist unglaublich, der eine möcht gern
ewig verliebt sein, und dieser ist wieder zufrieden, wenn
man ihm erlaubt, daß er sagen darf, daß er zwei Jahr in
Paris gewesen ist. Es ist lächerlich, und doch findet er
seinesgleichen. Es hat halt jedermann sein Steckenpferd.

Arie
Die Welt, ich schreib ihr die Devise,
Ist bloß ein wahnberauschter Riese.
Der eine spräch gern mit den Sternen,
Der andre möcht gern gar nichts lernen,
Der dritte denkt, zum Existieren
Müßt sich die Menschheit parfümieren.
Der läuft im Wahn dem Wasser zu,
Der andre läßt dem Wein kein Ruh.
Der ist so blöd wie ein Stück Holz,
Und jener kennt sich nicht vor Stolz.
Der sitzt und erbt zehntausend Gulden,
Der läuft herum und ist voll Schulden.
Oft möcht der eine avancieren,
Der andre möcht sich retirieren.
Der Blinde möcht gern Augen finden,
Und mancher sieht und möcht erblinden.

So dreht die Welt sich immer fort
Und bleibt doch stets an einem Ort.
Der Egoismus ist die Achse,
Der Hochmut zahlt am End die Taxe.

Die Erd, es kömmt darauf heraus,
Ist nur im Grund ein Irrenhaus.
Und wie ich nach und nach gewahr,
So bin ich selbst ein großer Narr.

Dreizehnter Auftritt

Voriger. Sophie, Malchen und Lischen treten ein.

Sopie.
Lieber Bruder, was sagst du zu dem Betragen meines
Mannes?
Hab ich das um ihn verdient?

Rappelkopf.
Nein, liebe Schwester, so lang ich da bin, nicht. (Beiseite.)
Wenn nicht noch was nachkommt.

Malchen (weint).
Ach Onkel, jetzt ist mein Unglück entschieden.

Rappelkopf. So tröste dich, Malchen! (Beiseite.) Nur um das
Kind ist mir leid, an den andern allen liegt mir nichts.

(Man hört von innen läuten.)

Lischen.
Er läutet. Wer geht denn jetzt hinein?

Sopie.
Mich will er ja nicht sehen.

Rappelkopf.
Und ich mag ihm nicht sehen.

Lischen.
Ich trau mich nicht hinein.

Malchen.
Ich auch nicht, liebe Mutter.

Rappelkopf.
Ich bin ungemein beliebt.

Malchen.
Lieber Onkel, gehen Sie!

Rappelkopf.
Ich? Ich nicht. (Beiseite.) Ich fürcht mich vor mir selber.

(Es läutet wieder.)

Sopie.
Er läutet wieder. Ich muß doch—

Lischen (schnell). Ich geh schon, gnädge Frau. (Steckt den Kopf zur Kabinettstür hinein und ruft.) Was befehlen Ihro Gnaden?

Astragalus.
Frisches Wasser! schnell!

Alle drei.
Was ist ihm denn?

Lischen. Er sitzt erhitzt am Fenster, es scheint ihm nicht wohl zu sein, er ruft nach Wasser.

Sopie.
Bring Sie welches. Wenn er nur nicht krank wird!

(Lischen geht ab.)

Rappelkopf.
Nu wär nicht übel, das könnt ich brauchen.

Sopie.
Am Ende trifft ihn noch der Schlag.

Rappelkopf.
Hör auf, mir wird schon völlig bang.

Sopie.
Gib die Hausapotheke her! Niederschlagendes Pulver!

Rappelkopf.
Nur geschwind etwas Niederschlagendes.

Malchen (nimmt sie aus dem Schrank).
Hier ist sie.

Lischen (ein Glas Wasser bringend).
Hier ist Wasser!

Rappelkopf.
Wartet nur, ich werd es selbst hineinrühren. (Tut es.
Für sich.) Ich muß ja schauen auf mich, was wär denn das?

Lischen (die am Kabinett gehorcht, springt weg davon).
Er kömmt.

Vierzehnter Auftritt

Vorige. Astragalus aus dem Kabinette.

Astragalus. Also so werden meine Befehle respektiert? (Zu
Sophie.) Was machst du hier? Was hat der Maler hier im
Hause wollen? Wir sprechen uns schon noch.

Sopie. So sei nur ruhig, lieber Mann, dir ist nicht wohl, setz dich doch und nimm Arznei. (Sie reicht ihm das Glas.)

Astragalus (wild).
Wasser will ich, und sonst nichts.

Sopie. Du mußt, ich darf dich nicht erkranken lassen. So nimm, ich bitte dich.

Astragalus.
Nein!

Malchen.
Lieber Vater, nehmen Sie.

Rappelkopf. Es gehört wirklich eine Geduld dazu. Ich möcht mich selbst ohrfeigen, aber auf seinem Gesicht.

Astragalus. So gib denn her. (Er nimmt das Glas.) Hölle, was ist das? der Trank ist trübe. Gesteh, du hast ihn mir vergiftet.

Malchen.
Aber Vater —

Lischen.
Gnädger Herr!

Astragalus.
Da hilft kein Leugnen mehr, der Trank ist Gift.

Rappelkopf.
Ah, das ist noch über den Zichori.

Sopie.
So hör doch nur, es ist ja niederschlagendes Pulver.

Astragalus.

Es ist nicht wahr.

Rappelkopf.
Ich schlag ihn noch ohne Pulver nieder.

Astragalus (wirft das Glas um die Erde).
Ich bin in meinem eignen Haus des Lebens nicht mehr
sicher.

Rappelkopf.
Entsetzlich! meine eigenen Worte.

Astragalus. Mein Weib ist eine Mörderin. Darum herab mit
euch, ihr Früchte, die für meinen Haß gereift. (Entreißt
Sophien ihre Halskette, woran sein Porträt hängt.) Was
trägst du hier am Hals? hinweg damit, du sollst kein
Angedenken von mir tragen als den Fluch, womit ich deine
Bosheit krönen will. So hör mich denn, du mörderisches
Weib—

Rappelkopf. Genug, genug! das ist der ganze Narr wie ich,
ich kann mich selber nicht mehr anschauen mehr.

Sopie (fällt in einen Stuhl).
Ich unglückselges Weib!

Astragalus.
Verlaß mein Schloß, ich will allein hier hausen, und mein
Geschäft heißt Menschenhaß. Ich will von dir und von der
Welt
nichts wissen mehr, verwünsche dich, verwünsch mein
Kind—

Rappelkopf. Nein Sapperment, jetzt wirds mir z'viel. Der
Mensch verflucht mir 's ganze Haus.

Astragalus. Geh hin zu deinem Maler, treib es bunt, wie ein

Chamäleon sollst du in allen Farben prangen, werd grün vor Galle, blau von Schlägen, rot vor Schande, weiß vor Kummer, gelb von Fieber, grau vom Alter und—

Rappelkopf (freudig).
Das ist gscheid, jetzt gehn ihm d' Farben aus.

Astragalus. Doch laß dich nimmermehr vor meinen Antlitz sehen, verleugne mich, ich bin dein Vater nicht—

Malchen (umklammert weinend seine Knie).
Vater, Barmherzigkeit, verstoßen Sie mich nicht!

Astragalus.
Hinweg von mir! (Stoßt sie fort.)

Rappelkopf. Das leid ich nicht—potz Donnerkeil und Wolkenbruch—Nun hab ichs satt, ich muß mich um meine Familie annehmen. Der Mensch ruiniert mir Weib und Kind. Sapperment! Sie sind kein Mensch, ein Teufel sind Sie, der mich schwärzer darstellt, als ich bin.

Astragalus. Du kommst mir eben recht, du schändlicher Betrüger! Gib mir Genugtuung dafür, daß du Komplotte hinter meinem Rücken schmiedest. Gib Rechenschaft—(er packt ihn an der Brust) wie mein Vermögen steht—

Malchen.
Zu Hülfe! Onkel!

Sopie (gleichzeitig).
Zu Hülfe! Bruder!

Lischen (gleichzeitig).
Zu Hülfe!

Rappelkopf.
Was? anpacken? Ha, Entehrung! Satisfaktion, Duell!

(Alle Hausleute.)

Astragalus.
Pistolen her!

Rappelkopf.
Kanonen her!

Astragalus (nimmt Pistolen von der Wand).
Hier sind sie schon.

Rappelkopf.
Das wird ein Treffen wie bei Navarin.

Sopie.
Mann, ich bitte dich um alles in der Welt!

Astragalus.
Umsonst!

Malchen.
Onkel, sind Sie doch vernünftig!

Rappelkopf.
Geh weg, ich hab keine Zeit dazu.

Astragalus.
Fünf Schritte sind genug. Wir schießen uns zugleich. Zähl drei!

Sopie.
Versöhnt euch doch!

Rappelkopf. Wir sind die besten Freund, jetzt sind wir erst auf du und du. Geh fort, ich muß. (Zählt und zielt.) Eins, zwei—

Sopie (fällt in Ohnmacht).
Ach!

Rappelkopf.
Die fallt schon um, ich hab noch gar nicht gschossen.

Malchen.
Die Mutter stirbt!

Rappelkopf.
Sie soll noch warten, sag!

Astragalus.
Drück los!

Malchen (umschlingt ihren Vater).
Ach Onkel, halten Sie, sonst töten Sie zwei Menschen.

Rappelkopf (prallt zurück). Was? Himmel, jetzt fallt mir was ein, ich kann mich gar nicht duellieren mit ihm! Wir haben nur alle zwei ein Leben. Wann ich ihm erschieß, so schieß ich mich selber tot. Wenn ich jetzt losdruckt hätt, jetzt wärs schon gar.

Astragalus.
Mach fort! warum besinnst du dich?

Rappelkopf.
Nu wenn sich einer da nicht besinnen soll, hernach gehts recht.

Astragalus.
Nur einer fällt, ich oder du.

Rappelkopf.
Das kann nicht sein, wir falln in Kompagnie.

Astragalus.

Gleichviel, es geht auf Leben und Tod. (Zielt.)

Rappelkopf.
Halt, es geht auf Tod und Tod.

Astragalus (geht auf ihn zu).
Warum willst du nicht schießen, feiger Wicht?

(Sophie hat sich indessen erholt.)

Rappelkopf. Weil mich meine Schwester dauert—ich will sie
nicht zur Witwe machen—, und ihr Kind, und ihr
Schwager, und die ganze Freundschaft. (Beiseite.) Das ist
eine Schande, ich weiß gar nimmer, was ich sagen soll.

Astragalus. Ich will mein Leben nicht für sie erhalten, und
dir will ichs am wenigsten verdanken. Es gilt mir nichts, ich
werf ihn weg, den unschmackhaften Rest des altgewordnen
Seins, ich brauch ihn nicht.

Rappelkopf. Wie der mit meinem Leben herumwirft, und
ihm gehts gar nichts an.

Astragalus. Doch deine Feigheit will ich nicht hier dulden,
du packst dich fort aus meinem Haus, sonst werf ich dich
hinaus—

Rappelkopf. Jetzt wirft er mich gar aus meinen eignen Haus?
Der Mensch spielt noch Ballon mit mir, und bring ich ihn
recht in Zorn, so trifft uns alle zwei der Schlag. Ich weiß gar
nicht, was er noch immer will, ich sehs ja ein, ich war ein
unvernünftig Tier, ein Tiger, drum will ich wissen, was
denn jetzt noch kommt. (Habakuk mit einem Brief tritt
schnell ein.)

Habakuk (eintönig).
Ein Brief.

Rappelkopf.
Aus Paris? Du Dummkopf!

Habakuk.
Nein, dasmal ist er aus Venedig.

Astragalus (schießt darauf los).
Aus Venedig? her damit!

Rappelkopf.
Her damit! Der intressiert mich selbst. (Will hineingehen.)

Astragalus (fährt ihn an).
Was wollen Sie?

Rappelkopf (erschrickt).
Ja so! Jetzt darf ich meine eignen Briefe nicht lesen.
Verdammter Doppelgänger du! (Astragalus wird während
des
Lesens unruhig und bleich und zittert.) Das muß eine
schöne
Nachricht sein.

Astragalus (läßt zitternd das Blatt fallen und sagt mit
Entsetzen).
Ich bin verloren!

Rappelkopf (fängt zum zittern an).
So bin ichs auch.

Astragalus (sinkt in einen Stuhl.)
Mir wird nicht wohl.

Rappelkopf.
Und mir wird übel. (Sinkt in den gegenüberstehenden
Stuhl.)

Astragalus.
Ich geh zugrunde

Rappelkopf.
Ich bin schon hin.

Alle.
Wasser! Wasser!

(Die Weiber sind besorgt. Lischen läuft ab.)

Astragalus (springt auf).
Wasser! Ja, ihr erinnert mich darauf. (Zu Rappelkopf) Du
Verräter bist an allem schuld. (Stürzt ab.)

Rappelkopf (springt auch auf). Nein, mein Schwager ist an
allem schuld! Wo ist der Brief? (Liest. Erstarrt.) »Mein Herr,
ich berichte Ihnen, daß das Handlungshaus, bei welchem
Ihr Vermögen liegt, ge—ge— fallen ist.« Ich lieg schon da—
ich streck schon alle vier von mir. (Lischen kommt zitternd.)

Lischen. Hülfe! Hülfe! der gnädge Herr ist fort, er ruft, er
wolle sich ersäufen, er stürzt sich in den Strom.

Sopie.
Mein Mann!

Malchen.
Der Vater!

Alles.
Eilt ihm nach! (Alles stürzt ab.)

Rappelkopf (kann vor Angst nicht von der Stelle). Halts ihn
auf, den unglückselgen Kerl, was der Mensch mit meim
Leben treibt! Ich komm aus einen Tod in den andern hinein.
(Die Knie brechen ihm.) Ich kann nicht fort, er springt

hinein. Er ist schon drin, ich fang zum schwimmen an.
(Schleppt sich fort.) Der Himmel steh mir bei, dasmal ein
Menschenfeind, in meinem Leben nimmermehr.
Verzweiflung, gib mir Kraft, sonst muß ich untergehn. (Ab.)

Fünfzehnter Auftritt

Verwandlung
Freie Gegend vor dem Schlosse. Im Hintergrunde ein tiefer
Strom, an der Seite ein hoher Fels.

Alle Hausleute. Malchen. August. Astragalus wird gehalten.
Sophie kniet vor ihm. Gruppe.

Chor.
Haltet ihn, haltet ihn!
Seht, er will entrinnen.
Laßt ihn nicht, laßt ihn nicht,
Denn er ist von Sinnen!

(Astragalus reißt sich los und eilt auf den Fels. In dem
Augenblick erscheint)

Rappelkopf (und ruft).
Halt!

(Astragalus springt hinab. Rappelkopf fällt ohnmächtig in
die Arme seiner Frau und Tochter.)

Schnelle Verwandlung in den Tempel der Erkenntnis. Hohe
Säulen von Kristall mit Gold geziert. Auf der Hinterwand
eine große Sonne, in deren Mitte die Wahrheit schwebt. Vor
ihr ein Opferaltar. Astragalus' Gestalt, welche in das Wasser

sprang, war eine falsche. Dieser zeigt sich nun wie zu Anfang des zweiten Aktes. Mit ihm ideal gekleidete Alpengeister. Rappelkopf hat sich indessen in seine wahre Gestalt verwandelt. Sophie. Malchen. August.

Astragalus (zu Rappelkopf). Willkommen hier in der Erkenntnis hellstrahlendem Tempel, im wahrheiterleuchteten Saale. Ich sehe dich beschämt und reuergriffen vor mir stehen.

Rappelkopf.
Ja leb ich denn noch? Bin ich denn nicht in Kompagnie ersoffen?

Sopie.
Du lebst noch, lieber Mann!

Malchen.
Sie leben, lieber Vater!

Rappelkopf. Und künftig nur für euch. (Umschlingt sie beide.) Wenn ich euch nicht zu schlecht bin, daß ihr für mich auch lebt.

Astragalus.
Du hast nun Menschenhaß geschaut und eines Menschenfeindes
Ende.

Rappelkopf.
Und ist er denn wirklich hin, dieser verwünschte Lebenskompagnon, dieses Zerrbild meiner Unverträglichkeit?

Astragalus.
Er ist verschwunden wie dein Menschenhaß.

Rappelkopf. Nu das waren ein Paar saubre Leute, ich bin froh, daß ich sie losgeworden bin. Aber weil Eure Hoheit gar so viel vermögend sind, könnten Sie denn nicht auch etwas über mein verlornes Vermögen vermögen. Damit ich auch meinem Schwager verzeihen könnt, weil er der einzige ist, den ich noch hasse. (Man hört ein Posthorn. Linarius, als Postknecht gekleidet, mit Herrn von Silberkern.)

Linarius.
Hier lad ich meinen Passagier von seiner Wolkenreise ab. Die Alpenluft hat ihm recht gut getan.

Silberkern. Nu wart, du saubrer Postillon! Herr Schwager, seh ich Sie einmal?

Rappelkopf. Sie sind mir schon der liebste Schwager, jetzt kommt er erst daher, wenn schon alles vorbei ist. Sie sind an meinem Unglück schuld, ich bin ein Bettler.

Silberkern. Von einmalhunderttausend Gulden Münze, die ich ohne Ihre Einwilligung bei dem Bankier erhoben habe, bevor das Haus noch fiel. Weil ich Wind bekam und Ihr Vermögen retten wollte, das ich Ihnen hier in Wechseln übergebe.

Rappelkopf. Ach, das ist ein Schwager, den laß ich mir gfallen, der bringt doch was ins Haus. (Umarmt ihn, Silberkern umarmt Sophie.) Kinder, mein Vermögen, die Menge Wechsel, ich bin völlig ausgewechselt vor lauter Freuden. Herr Schwager, das werd ich Ihnen nie vergessen.

Silberkern. Zahlen Sie mir lieber meine Angst, die ich Ihretwegen ausstehn mußte.

Rappelkopf.
Ich geh Ihnen die meinige dafür, Sie kommen nicht zu kurz.

Silberkern.
Aber wie hängt denn das alles zusammen?

Rappelkopf. Freund, das werden wir Ihnen morgen früh
erzählen, sonst möcht es den Leuten zu viel werden. Denn
ich hab heut schon so viel geredet, daß ich nichts mehr
sagen kann als: (zu August) Sie sind mein Schwiegersohn.
Nehmen Sie sie hin. Aber Sie sind ein Maler, schmieren Sie s'
nicht an. Lieben Sie s' so, wie ich Sie unrechterweise gehaßt
habe, dann kann sie schon zufrieden sein.

August, Malchen (zugleich).
Bester Vater!

Rappelkopf (auf den Alpenkönig zeigend).
Dort bedankt euch.

August, Malchen (stürzen zu Astragalus' Füßen).
Großer Alpenkönig, Dank!

Astragalus (mit Rührung).
Ich hab dir gestern einen Kranz versprochen,
Als ich dein Leid im Alpentale sah.
Du siehst, ich habe nicht mein Wort gebrochen,
Das Leid ist fort, der Kranz ist da.

(Er nimmt einen Kranz aus schönen Alpenblumen von
glänzender Folio, den ihm einer von den Alpengeistern
reicht, und setzt ihn Malchen auf.)

So nimm ihn hin, du Mädchen seltner Art,
Das treulich hält, was liebend es verspricht,
Und weil ich euch so väterlich gepaart,
Vergeßt auch auf den Alpenkönig nicht.

(Geht ab.)

Rappelkopf. Kinder, ich bin ein pensionierter
Menschenfeind, bleibt bei mir, und ich werde meine Tage
ruhig im Tempel der Erkenntnis verleben.

Schlußgesang
Erkenntnis, du lieblich erstrahlender Stern,
Dich suchet nicht jeder, dich wünscht mancher fern.
Zum Beispiel die Leute, die uns oft betrügn,
Die wolln nicht erkannt sein, sonst würden s' nicht lügn.
Doch seien vor allen die Schönen genannt,
Die werdn von uns Männern am ersten erkannt.
Die Guten, die brauchen schon längere Zeit,
Obwohl die Erkenntnis dann ewig erfreut.

Die Jugend will oft mit Erkennen sich messen,
Die hat den Verstand schon mit Löffeln gegessen.
Doch rückt nur das Alter einmal an die Reih,
Dann kommt die Erkenntnis schon selber herbei.

Der Mensch soll vor allem sich selber erkennen,
Ein Satz, den die ältesten Weisen schon nennen,
Drum forsche ein jeder im eigenen Sinn:
Ich hab mich erkannt heut, ich weiß, wer ich bin.

Erkannt zu sein wünscht sich vor allem die Kunst.
Die feine Kokette bewirbt sich um Gunst.
Und wird sie auch heute mit Ruhm nicht genannt,
So werde denn doch nicht ihr Wille verkannt!

www.ingramcontent.com/pod-product-compliance
Lightning Source LLC
Chambersburg PA
CBHW022337020726
47500CB00004B/1157